Eduard Stemplinger / Horaz in der Lederhos'n

zum 13.5.89
L

Eduard Stemplinger

HORAZ

in der Lederhos'n

Lateinisch und deutsch

Illustrationen:
Paul Ernst Rattelmüller

J. LINDAUER VERLAG MÜNCHEN

Meiner lieben Frau zugeeignet

7. Auflage 1986

8 München 2 Kaufingerstraße 29
Gesamtherstellung Friedrich Pustet, Regensburg
ISBN 3-87488-314-0

Vorwort

Die Oden des Horaz hat man in alle Kultursprachen übersetzt, in Prosa, im Urversmaß, in Reimen, in reimlosen Versen; man hat sie christianisiert, imitiert, travestiert, paraphrasiert und trotz allem leben sie immer noch. Ch. Beys steckte den Horaz in das Harlekingewand eines lustigen Zeitgenossen Mazarins; Schüler Blumauers ließen durch seinen Mund josephinische Aufklärung verkünden; Cerutti modelte seine Römeroden in kraftvolle Präludien der französischen Revolution um; Morgenstern wandelte ihn zu einem echten Berlinerpoeten modernster Richtung; Ad. Brandt ließ ihn im Mecklenburger Platt gemütliche Weisheit predigen.

Warum soll sich nicht auch einmal der biedere Horaz in die kurze Wichs werfen? Vielleicht tritt manchem, dem der Römer in der Toga auf der Schulbank ein steifer, frostiger Geselle erschien, der Oberbayrische Horaz menschlich näher. Wir wollen's versuchen!

Zur vierten Auflage

Der „Oberbayrische Horaz" war längst vergriffen, aber vielfach vermißt und begehrt. Der Verlag hat sich entschlossen, das Büchlein neu aufzulegen und mit Illustrationen von P. E. Rattelmüller zu schmücken, der das antike Rom und das bayrische Oberland glücklich gegenüberstellte.

Mit dem Verfasser danken alle Horazfreunde dem Verlage und wünschen gute Aufnahme.

Elbach, Herbst 1950.

Eduard Stemplinger

Laudatio auf einen Altbayern

Immer war es mir ein extriges Vergnügen als Glückwunschsprecher bei den verschiedenen Vorrückungen in der Oberstufe Deines Lebens dabei gewesen zu sein, lieber Professor Stemplinger, dann also, wenn wieder im Lauf der Jahre ein voller Fünfer oder Zehner geschnackelt hatte. Aber anno 1964 wurde der gewohnte Turnus gach unterbrochen. Am Dreikönigstag warst Du 94 gewesen und eine Weil später hat Dich, den Bajuwaren in der Tunica, der Boandlkramer schön pomadig und freundschaftlich von Deinem Tusculum im Leitzachtal herunterbegleitet. „Is schon so weit?“ hast Du halb mit dem Humor des biblischen Alters, halb mit der Weisheit des Humanisten gefragt. Seit dem schneeigen 28. Februar wurde Dir nun Dein letztes Platzerl auf dem Gottsacker der Heilig Blut-Kapelle von Elbach zuteil, gleich in der Eck und hart an der brusthohen Friedhofmauer, so daß die Bauernleut Dir das Vaterunser von der Straße her spendieren können.

Hier in diesem Bergtal, wo Du Deinen Austrag als Rosenheimer Gymnasialdirektor und Dein Refugium als poeta laureatus Bavaricus gehabt hast, da wachelt noch der Wind ums historische Gasthaus des Hafnerwirts zu Marbach, der 1705 für Bayern sein Leben in die Schanze schlug. Hier hat auch der Lehrer Brunnhuber, gleich einem Hieronymus im Gehäuse, die prächtige Chronik des Leitzachtals geschrieben und hier ist noch die Erinnerung an Fritz Müller-Partenkirchen mit dem Goetheprofil lebendig, den ich noch leibhaftig vor mir sehe, wie er sein Kremser Wagerl nach Hundham kutschiert.

Nun bist Du nicht mehr unter uns, lieber Professor Stemplinger; doch Deine gedruckten Botschaften, Deine forschenden, poetischen und dramatischen Bücher und Bücheln sind geblieben. Sie künden dem, der Dich kannte, daß kaum wo anders der schmunzelnde Urheber so haargenau mit seinem literarischen Schatten übereinstimmt. Für eine solche atmende Heiterkeit haben wir, die Autochthonen im Land, eine besondere Bereitschaft. Wenn wir einem auf den Schnabel schauen, dann passen wir gut auf, daß die Töne auch goldrein und unverstellt klingen.

Du steckst den Horaz in die Lederhose, aber in einer Weise, daß über den selbstgestrickten Wadelstrümpfen erst der ganze bildsaubere Wuchs der Dichtung zum Vorschein kommt, weit mehr wie das die gymnasialste Verdeutschung vermag. Und Du paust die „Ars amatoria“ des Ovid mit reißfestem Weiß-Blaupapier durch, so probat, daß sie zu einer guten Nutzanwendung für verliebte Burschen und Dirndeln wird.

Ich weiß, lieber Dr. Stemplinger, daß du beileibe keinen Lobeshymnus brauchst, denn Latschen, nicht Lorbeerblätter wachsen am Breitenstein. Aber trotzdem — Du hast mit einer Hartnäckigkeit die Heimat mitten in Dein Leben gestellt, worüber uns erst die rechte Liebe und der rechte Stolz auf unsern Stamm erfaßt. Aus allen Knopflöchern blinzelte Dir die Lust am Dasein, an einem Dasein, in dem Leib und Seele recht nah beisammen hausen.

Das altphilologische Studium und Dein Lehramt, das im benediktinischen Schäftlarn begann und sich über Würzburg, Augsburg und München fortsetzte, um in Rosenheim zu enden, zeitigte bei Dir eine ganz und gar musische Welt. Du hast einen ausgeprägten sensus für das „theatrum mundi“ mit all den barocken bayerischen Volksfiguren im Vordergrund. Kein Wunder, denn Du stammst ja aus Plattling, wo sich das Nieder-Bayerische potenziert. Es ist das jene fruchtbare Ortschaft, in der, wie Du erzählst, die „Krokodiljäger“ hausen. Sie lauerten an der Isarbrücke kampfesmutig auf das vermeintliche geschuppte Untier, weil sie sich durch das dumpfe Brüllen eines Lausbuben in eine Gießkanne täuschen ließen.

„I bin dahoam, wo s' lange Messer tragn,
Net weit, wo d'Donau auf die Isar wart',
D'Frau Kriemhild g'rast hat auf der langen Fahrt.“

Das Panorama der Sabinerberge verwandelte sich bei Dir in die Schlierseer Gipfel und der Sorakte bei Rom wurde darüber zum Wendelstein.

Rund 40.000 Pennäleraufgaben in Griechisch, Latein, Deutsch, Geschichte und Erdkunde hast Du korrigiert und das setzt einen robusten Magen voraus. Doch wie man sieht, hattest Du darüber Deinen Humor nicht verloren.

Auch das Anekdotische, das oft viel mehr über Zeiten und Zeitgenossen aussagt wie weltgeschichtliche Analysen, verfehlte in Deinen Sammlungen die vis comica nicht. In der rutschenden Unterhose sozusagen läßt Du sie dastehen die Genialen und Mächtigen der Erde, die Ärzte und Paragraphenreiter, die Musiker und die Komödianten, die Philosophen und die Sophisten, die Fürsten und die Minister, die antiken und die von gestern.

Natürlich ruht alles bei Dir auf festen Bodenschichten. In zäher Stollenarbeit hast Du vorher, lieber Leitzachtaler, vom Altertum bis zur Neuzeit Sitte und Unsitte, Glauben und Aberglauben, Kultur und Volkstum durchforscht und der Mitwelt sehr plausible „Gesteinsproben" vorgelegt.

Du hast sogar 1911 die Preisaufgabe der Bayerischen Akademie der Wissenschaften gelöst: „Das Plagiat in der griechischen Literatur". Wenn es schon einer empfindsamen Spürnase bedarf, geistige Anleihen und Diebstähle der Gegenwart aufzudecken, um wieviel schwieriger war es erst derart verjährten Intellektual-Eigentumsdelikten des alten Hellas nachzugehen!

Ob es nun Deine „Studien zu Stephanos von Byzanz" oder der „Sympathieglaube in Altertum und Neuzeit" oder die „Antike Technik" sind, solche ernsthaften Kenntnisse und Erkenntnisse bleiben noch weit hinein in Dein gesamtes Wirken fühlbar.

Wir empfinden es als höchst zeitlos, wenn beispielsweise der Dichter Martial in Deiner Abhandlung „Buchhandel im Altertum" klagt: „Nicht blos in Rom erfreut man sich an den Kindern meiner Muse, sondern im kalten Gotenland hat der Centurio mein Büchlein in seiner vom Frost erstarrten Hand, in

Britannien deklamiert man meine Verse. Doch was nützt das? Mein Geldbeutel spürt nichts davon. Hat man keinen Mäzen, so hilft alles nichts."

Und ich meine, daß Du mit dem Bändchen „Von der Äolsharfe zur Xanthippe" einen guten Treffer erzielt hast, wenn Du zum Begriff „Augias" folgende Überlegung gesellst: „Die Welt ist ein großer Viehstall, der nicht so leicht wie der des Augias gereinigt werden kann, weil, während gefegt wird, die Ochsen drin bleiben."

Deine natürliche Zuneigung zur landsmannschaftlichen Umwelt, durch die waldlerische Herkunft bestimmt, gibt uns in den Erinnerungen „Jugend in Altbayern" und in „Ernte in Altbayern" ein behagliches Heimatgefühl. „Klampfen her und gsunga!" möchte ich mit dem Titel Deiner altbayerischen Liedauslese rufen, das heißt, wenn ich vom Zupfen der Saiten etwas verstünde. Und nicht unterschlagen möchte ich die epische Travestie Deiner „Oberbayerischen Märchen", die den Ursprung der inzwischen oft so magisterlich gewordenen Volksepen greifbar nahe rücken.

Schließlich erst Deine Komödienspiele: Das liegt unserm Schlag halt im Blut, dieses Disputieren in Red und Gegenred, dieses Sich-Darstellen auf dem Kothurn, dieses Rangeln zwischen Engeln und Teufeln, gleich in welcher Gestalt, so wie Du es ausgeführt hast in Deinem Traktat über das „Altbayrische Komödispiel".

Tschechows Motive „Der Hochzeiter" und „Die Fahrkarte" noch formen sich bei Dir zu Einaktern im hausgemachten Bürger-Milieu und die grausliche Sache vom „Steinern Herz" nimmt unter Deinen Händen die Verzauberung eines bayerischen Raimund an. Wenn wir über Deine dramatischen Vorberge wie „Die falsche Diva", „Beim Dorfbader" und „Rauchklub Kraglfing" hinüberschauen, dann sehen wir als ragende Erhebung „Die Tegernseer im Himmel" nach Kobells Brandnerkaspar-Geschichte. Mit 80 Aufführungen hatten sie damals im alten Residenztheater einen glückhaften Einstand.

Du hast der Welt ein gültiges Bild vom Altbayern hingestellt. Ein bescheidener Dank mag Dir der Bayerische Poetentaler gewesen sein, den Dir die Münchner Turmschreiber, also Landsleute aus der bayerischen Autoren-Zunft, verliehen. Was die Vergangenheit blos an Schiefem und Dummem und Feindseligem dem Bayern nachgesagt hat, wurde von Dir in der „Alten Truhe“ gesammelt: Von Friedrich dem Großen, der „Baiern ein irdisches Paradies, bewohnt von lauter Tieren“ nannte, bis zur gut gemeinten Verzerrung durch den Amerikaner Sinclair Lewis, dem Nobelpreisträger von 1930, der schrieb: „Baiern, die getreulich an ihren grünen Hüten mit den Federn und den Krickelverzierungen hielten, an den grünen Jacken, den grünen Lederhosen und Rucksäcken. In den Rucksäcken brauchte nicht mehr zu sein als ein Taschentuch, da ein wahrer Baier den Rucksack weniger zu Transportzwecken trägt als aus angeborener Züchtigkeit. Wie manche Völker das Gesicht und die Brust verhüllen, so verhüllte der Baier sein Kreuz.“

Lieber Eduard Stemplinger! Du bist uns zu einer rechten Hausapotheke geworden. Deine Elixiere machen uns den Kopf und das Herz wieder frei fürs Bekömmliche, Gesunde, Gerade, Gewachsene. Und dafür müssen wir Dir immer wieder ein ehrliches Vergelts Gott sagen, daß Du ganz vorne im Fähnlein der Aufrechten gestanden hast.

Damals, zu Deinem Neunziger noch, sind als Neuheiten der „Niederbayern-Spiegel“ und die „Entdeckungen zu Hause“ erschienen. Noch vieles hatte Deine Emsigkeit in die Retorte getan. Als Nachlaß warten in einer übervollen Schublade die Manuskripte und Vorarbeiten zu „Gelehrte — Verkehrte“, „Schulhumor“, „Mannsbilder, die ich kannte“, „Unsere Haustiere im Glauben der Völker“, „Altbayerische Dorfkinder als deutsche Kulturträger“, „Münchner Luft“ oder die „Weinbeerln aus Schmellers bayerischem Wörterbuch“.

Der Herrgott hatte Dir die Gnade eines betagten und reichen Lebens gegeben. Er hatte auf Dich geschaut und sogar verhütet, daß Du nicht schon als Professor dem geplanten Attentat eines schwachen Lateinschülers zum Opfer gefallen bist, der die geladene Pistole in der Hosentasche zum Unterricht mitbrachte. Als Du ihm aber daraufgekommen warst und gefragt hast, warum er Dich dann doch nicht erschossen hatte, war die treuherzige Antwort: „Weil S' mi halt so viel derbarmt ham!"

Quae cum ita sint, verdanken wir also recht betrachtet, das lange Glück des Zusammenseins mit Dir dem Mitleid eines humanistischen Gymnasiasten.

Dir aber mag eine immerwährende Laudatio in jenem Himmel zuteil werden, der die guten Werke belohnt. Hier unten jedoch sollen die Carmina des „Horaz in der Lederhos'n" in neuer Auflage ein heiteres Jubilate Dir zu Ehren sein!

München, Sommer 1965.

Hanns Vogel

I 1

Maecenas atavis edite regibus,
o et praesidium et dulce decus meum:
sunt quos curriculo pulverem Olympicum
collegisse iuvat, metaque fervidis
evitata rotis palmaque nobilis
terrarum dominos evehit ad deos;

hunc, si mobilium turba Quiritium
certat tergeminis tollere honoribus;
illum, si proprio condidit horreo,
quicquid de Libycis verritur areis.
gaudentem patrios findere sarculo
agros Attalicis condicionibus
numquam demoveas, ut trabe Cypria
Myrtoum pavidus nauta secet mare;
luctantem Icariis fluctibus Africum
mercator metuens otium et oppidi
laudat rura sui: mox reficit rates
quassas, indocilis pauperiem pati.

Der Zitherntoni

Mei Zenzi, spitz die Ohrn recht fei,
Heut fallt mir ebbas Gspassigs ei:
Die oan, die sitzen af am Wagn,
Der riacht von weitem, nöt zum sagn,
Und roasen hin wias wilde Gjoad,
Die Hund und Henna is ganz load.

Der Marl gründt iatzt an Verein,
Möcht aa-r-amal a Fürstand sein.
Der Sepp an Banzen Bier spendiert,
Damit er Burgermoaster wird.
Dem Huaberfranz is alles Wurscht,
Wenns nur a Bier gibt für sein Durscht,
Wenns Füllei wachst, wenns Groamahd guat
Und d Kuah recht fleißi kälbern tuat.
Der Halmerbauer auf der Oed
Der tauscht dir mit koan Rothschild nöt,
Der wo mit seiner goldran Schaar
Kuponer aschneidt groß und schwaar.
Der Sepp in seiner blaua Kluft

est qui nec veteris pocula Massici
nec partem solido demere de die
spernit, nunc viridi membra sub arbuto
stratus, nunc ad aquae lene caput sacrae.
multos castra iuvant et lituo tubae
permixtus sonitus bellaque matribus
detestata. manet sub Iove frigido
venator tenerae coniugis immemor,
seu visa est catulis cerva fidelibus,
seu rupit teretes Marsus aper plagas.
me doctarum hederae praemia frontium
dis miscent superis, me gelidum nemus
Nympharumque leves cum Satyris chori
secernunt populo, si neque tibias
Euterpe cohibet nec Polyhymnia
Lesboum refugit tendere barbiton.
quodsi me lyricis vatibus inseres,
sublimi feriam sidera vertice.

I 3

Sic te diva potens Cypri,
sic fratres Helenae, lucida sidera,
ventorumque regat pater

Fliagt allawei zhöchst in der Luft;
Nur wenns eahm kritisch geht diamal,
Zeitlangt er nach seim Leitzachtal;
Kam aber rasselt der Motor,
Gehts wieder aufi wia zuvor.
Dem Keastockwaschtei is s sei Freud,
Wenns Feierabnd am Samstag läut,
Da rennt er, was er ko, zum Wirt,
Und sauft, bis oaner ferti wird.
Am Sunta liegt er, rührt si kam,
Halbschlafad unterm Kerschenbam.
Der Sixt in seim Soldatengwand
Is ganz mit Leib und Seel Scherschant;
Kimmt er in Urlaub in die Berg,
So steigt er wia der Hahn im Werg.
Der Martl aufm Broatelstoa
Moant, Leut sand d Jaga ganz alloa;
Hat er an Rehbock auf der Muck,
Nöt s schönste Dirndl haltn zruck.
Und i —? I hab mei Zithern gern,
Und gfreu mi selm, wenns d Leut gern hörn.
Die Buam und Dirndln warten drauf,
Und betteln: „Toni, spiel oan auf!"
Und s Singa, s Platteln geht dann an,
Bis daß i nimmer zupfa kann.
Schau Zenzi, hast mei Gsangl gern,
Kannst heunt no mehra von mir hörn.

S Schwirzn

Na, gehst halt weita in Gotts Nam,
Stockfinsta is s rundumadum;
Was nackelt, haut der Wind heunt zsamm

obstrictis aliis praeter Iapyga,
navis, quae tibi creditum
debes Vergilium, finibus Atticis,
reddas incolumem precor
et serves animae dimidium meae.
illi robur et aes triplex
circa pectus erat, qui fragilem truci
commisit pelago ratem
primus, nec timuit praecipitem Africum
decertantem Aquilonibus,
nec tristis Hyadas, nec rabiem Noti,
quo non arbiter Hadriae
maior, tollere seu ponere volt freta.
quem mortis timuit gradum,
qui siccis oculis monstra natantia,
qui vidit mare turbidum et
infamis scopulos Acroceraunia?
nequiquam deus abscidit
prudens Oceano dissociabili
terras, si tamen impiae
non tangenda rates transiliunt vada.
audax omnia perpeti
gens humana ruit per vetitum nefas:
audax Iapeti genus
ignem fraude mala gentibus intulit;
post ignem aetheria domo
subductum macies et nova febrium
terris incubuit cohors,
semotique prius tarda necessitas
leti corripuit gradum.
expertus vacuum Daedalus aëra
pinnis non homini datis;

Und regna tuats dir in oam Trumm.
Mei Nazi — da, trink no an Schluck! —
Will heut mit dir, er gibt koan Ruah;
I sag dirs, bring ma n wieder zruck,
So ruckengsund, es is mei Bua!
Der hat a Schneid ghabt, Sapprament,
Der s erstmal s Schwirzen hat probiert;
Der hat koa Bergerl gscheut, koa Gwänd,
Koa Grenzer hat n nia scheniert;
Der acht koan Regn, koan Sturm, koan Schnee,
Wenns no a so Eisplatten macht,
Der hat beim Ärgsten gschrian: Juchhe,
Beim Schiachsten pfiffa, gspott und glacht.
Der hätt an Teufi gschaut ins Gfriß
Und hätt mit koana Wimper zuckt
Und jessas na, dös woaß i gwiß,
Eahm statt der Bratzen — s Schwoaferl druckt.
Umsunst hams uns die Grenz hergmacht
Und d Maut, die greana Spatzenfrack;
Sans no so schlau, sie wernd derlacht,
Mir holn an Wein und Rauchtabak.
Dös is s ja, was verboten is,
Is s grad, was d Leut recht sakrisch lockt:
Die Eva hat im Paradies
Grad justament den Apfel brockt.
Der Adam hat, der guate Mo,
Mitbüassn kinna mit seim Wei
Und wir zahln d Schulden iatzat no,
Ham d Arbat, Krankheit, d Sterberei.
Und dengerst laßt der Mensch nöt aus
Und is, findt er nix Neuchs, nöt gsund;
Spannt Dräht von oan zum andern Haus

perrupit Acheronta Herculeus labor.
nil mortalibus ardui est:
caelum ipsum petimus stultitia, neque
per nostrum patimur scelus
iracunda Iovem ponere fulmina.

I 4

Solvitur acris hiems grata vice veris et Favoni,
trahuntque siccas machinae carinas,
ac neque iam stabulis gaudet pecus aut arator igni,
nec prata canis albicant pruinis.
iam Cytherea choros ducit Venus imminente luna,
iunctaeque Nymphis Gratiae decentes
alterno terram quatiunt pede, dum gravis Cyclopum
Volcanus ardens urit officinas.
nunc decet aut viridi nitidum caput impedire myrto
aut flore, terrae quem ferunt solutae;
nunc et in umbrosis Fauno decet immolare lucis,
seu poscat agna sive malit haedo.
pallida mors aequo pulsat pede pauperum tabernas
regumque turris. o beate Sesti,
vitae summa brevis spem nos vetat inchoare longam.
iam te premet nox fabulaeque manes
et domus exilis Plutonia: quo simul mearis,
nec regna vini sortiere talis
nec tenerum Lycidan mirabere, quo calet iuventus
nunc omnis et mox virgines tepebunt.

Und redt und schreibt auf hundert Stund,
Fliagt in der Luft, vor d Himmelstür,
Draht s Reiberl um, und d Lampn brennt
Und roast af m Wagerl ohne Gschirr,
Bis daß er si amol derrennt.

Ans Miadei

Jatzt kimmt der Langst, der Wind schlagt um,
Ziagts d Schlitten nei und d Wagen raus!
Der Schnee zergeht rundumadum,
Und s Viech verlangt si aus m Haus.
Der Wirt rennt scho an Tanzbodn naus,
Die Kucheldirn, der Sennabua
Probiern scho s Platteln hinterm Haus,
Der Stallbua blast an Tanz dazua.
Geh, Miadei, laß die dumma Grilln,
Bist dengerst do koa Klosterfräuln;
Der Pfarrer siecht s nöt zsammt die Brilln
Und zwegn an Busserl kann nix feiln.
Und schaug, der Tod is wia-r-a Diab,
Der packt, was eahm in d Bratzn rennt;
Der wart fei nöt, und hättst du d Liab
A nöt amal von weitem kennt.
Und liegst amal z tiafst in der Gruabn,
Da nutzt di d Reu an Pfifferling:
Da fensterlt neamd mehr von die Buabn
Und bettelt um an Fingerring.

I 5

Quis multa gracilis te puer in rosa
perfusus liquidis urget odoribus
grato, Pyrrha, sub antro?
cui flavam religas comam,

simplex munditiis? heu quotiens fidem
mutatosque deos flebit et aspera
nigris aequora ventis
emirabitur insolens,

qui nunc te fruitur credulus aurea,
qui semper vacuam, semper amabilem
sperat, nescius aurae
fallacis. miseri, quibus

intemptata nites: me tabula sacer
votiva paries indicat uvida
suspendisse potenti
vestimenta maris deo.

I 7

Laudabunt alii claram Rhodon aut Mytilenen
aut Ephesum bimarisve Corinthi
moenia vel Baccho Thebas vel Apolline Delphos
insignis aut Thessala Tempe;
sunt quibus unum opus est intactae Palladis urbem
carmine perpetuo celebrare et
undique decerptam fronti praeponere olivam;
plurimus in Iunonis honorem
aptum dicet equis Argos ditisque Mycenas:
me nec tam patiens Lacedaemon

I kenns!

Mei, Nandei, mei, was für a Bua
Werd iatzt in deiner Kammer sitzen?
Und schmatzt dr d Busserln müahsam ab
Und frißt di schier zsammt deine Litzen?

Mei Gimpl, werst as aa no gspürn!
Werst greina, fluacha wia=r=a Reita,
Hat s Wetterdirndl an dir gnua
Und schickt di wia=r=an Rotzbuam weita.

Du moanst, weil s gar so hitzi tuat,
Hätt s dösmal s Tratzn ganz vergessen?
O Dalk, mir hat sie s grad so gmacht,
I kenn die gwappelten Finessen.

Drobn z Birkastoa in der Kapelln,
Da siechst an wachsran Gimpl hänga,
Den hab i gopfert, wia mi d Dirn
Hat ausghaut, nimmer mögn hat länga.

Am schönsten

Lobts nur von mir aus Enker Tölz,
Von mir aus kraxelts im Karwendel,
Im Summa gehts ins Niederboarn
Mit seine bratna Gänsʼ und Hendel!
Und Leut gibts, die in oan Trumm redn
Vom Tegernsee, vom Risserkogel,
Und andre sagn: So schö is nix
Als Mädlergabi und Hochvogel.
Mir gfallt so nöt der Königssee
Und Garmisch, nöt der wilde Kaiser

nec tam Larisae percussit campus opimae,
quam domus Albuneae resonantis

et praeceps Anio ac Tiburni lucus et uda
mobilibus pomaria rivis.
albus ut obscuro deterget nubila caelo
saepe Notus neque parturit imbris
perpetuo, sic tu sapiens finire memento
tristitiam vitaeque labores
molli, Plance, mero, seu te fulgentia signis
castra tenent seu densa tenebit
Tiburis umbra tui. Teucer Salamina patremque
cum fugeret, tamen uda Lyaeo
tempora populea fertur vinxisse corona,
sic tristis affatus amicos:
„quo nos cumque feret melior fortuna parente,
ibimus, o socii comitesque!
nil desperandum Teucro duce et auspice Teucro:
certus enim promisit Apollo
ambiguam tellure nova Salamina futuram.
o fortes peioraque passi

Wia Elbach mit seim greana Turm
Und seine liaben Bauernhäuser,

Mit seine Berg rundumadum,
Mit seine Deandeln, seine schöna. —
Schau, wia der Wind oft d Wolkan jagt,
Daß d Sunn kann lusti ababrenna;
So, Franzl, laß dei Traurigkeit,
Dertränk im Wein dein ganzen Kumma,
Ziag aus dei Uniform a weng
Und kimm zu mir auf Elbach uma!
Woaßt, wia von zwegn seim Land Tirol
Der Andre Hofer d Büchs hat gnumma,
Da hat er zu die Freunderl gsagt,
Die dasi gwen san voller Kumma:
„Die Freiheit gilts! Drum gehn ma iatz,
Weil uns das Weib derbarmt, die Kinder!
Treu bleibn ma=r=unserm Kaiser Franz,
D Franzosen sein verfluacht, die Schinder!
He, Manner, schenkts Terlaner ei,
Schwemmts furt die allerletzten Sorgen!

mecum saepe viri, nunc vino pellite curas:
  cras ingens iterabimus aequor."

I 8

Lydia, dic, per omnis
  te deos oro, Sybarin cur properes amando
perdere, cur apricum
  oderit campum, patiens pulveris atque solis?
cur neque militaris
  inter aequalis equitat, Gallica nec lupatis
temperat ora frenis?
  cur timet flavum Tiberim tangere? cur olivum
sanguine viperino
  cautius vitat neque iam livida gestat armis
bracchia, saepe disco,
  saepe trans finem iaculo nobilis expedito?
quid latet, ut marinae
  filium dicunt Thetidis sub lacrimosa Troiae
funera, ne virilis
  cultus in caedem et Lycias proriperet catervas?

I 9

Vides ut alta stet nive candidum
Soracte, nec iam sustineant onus
silvae laborantes geluque
flumina constiterint acuto.

dissolve frigus ligna super foco
large reponens atque benignius
deprome quadrimum Sabina,
o Thaliarche, merum diota.

Heut ziagn ma no zum Iselberg,
'Victoria' schrein ma übermorgen!"

S Liesl, dös Teufelsmadl

Han, Liesl, sag, du Teufelsmadl,
Was fangst denn grad mit m Anderl an?
Scho ewi lang hängt an seim Radl
Der Gummi wia=r=a Schafdarm dran?
Bei gar koan Schiaßats siechstn mehr;
Sei Büchsen loant verrost im Eck;
Lauft eahm der schönste Bock in d Quer,
Er rührt si seinthalbn nöt vom Fleck.
Im Wirtshaus triffst n selten o,
A Musi kann an weit vertreibn.
An Anderl, unsern besten Mo
Beim Plattln, Singa, Kegelscheibn!!
I moan, er sitzt bei dir, der Bua,
Du Teufelsmadl du verflixts!
Und halt dr d Woll und schaut dr zua,
Wiast eahm an großen Pantoffel strickst!

Jatzt lebn mr no

Schaug auffi, Sepp, der Wendelstoa
Is wia=r=a Zuckerhuat,
Die Bam habn mitn Schnee grad ztoa
Und s Eis, dös macht si guat.

Trag Scheiter her und schür fest nei,
Mach d Stuben wacherlwarm!
Und schenk a Maß Tiroler ei,
Nimm d Zupfgeign untern Arm!

permitte divis cetera; qui simul
stravere ventos aequore fervido
deproeliantis, nec cupressi
nec veteres agitantur orni.

quid sit futurum cras, fuge quaerere, et
quem fors dierum cumque dabit, lucro
appone, nec dulcis amores
sperne puer neque tu choreas,

donec virenti canities abest
morosa. nunc et campus et areae
lenesque sub noctem susurri
composita repetantur hora,

nunc et latentis proditor intumo
gratus puellae risus ab angulo
pignusque dereptum lacertis
aut digito male pertinaci.

I 11

Tu ne quaesieris (scire nefas), quem mihi, quem tibi
finem di dederint, Leuconoe, nec Babylonios
temptaris numeros. ut melius, quicquid erit, pati!
seu pluris hiemes seu tribuit Iuppiter ultimam,

que nunc oppositis debilitat pumicibus mare
Tyrrhenum: sapias, vina liques et spatio brevi
spem longam reseces. dum loquimur, fugerit invida
aetas: carpe diem, quam minimum credula postero.

Dös ander macht der liabe Gott!
Blast no a so der Sturm,
Er deut grad und koan Muckser mehr
Tuat s Fahndl af m Turm.

Und sei mir mit der Zukunft stad!
Jatzt lebn mir no, dös glangt.
Solang am Huat der Spielhahn waht,
Wird jeder Bock derfangt.

Wenn quickertst wo a Klarinett,
Da platteln mir, daß s kracht;
Woaßt wo a Dirnderl, dös is nett,
Da fensterln mir af d Nacht.

Da steigt der Bua zum Gaderl ei
Und klopft und dischkariert
Und redt so lang zum Fensterl nei,
Bis si s Fensterreiberl rührt.

Sei gscheit!

Die ganz Zeit laßt dir Karten schlagn,
A jeds Zigeunerwei tuast fragn,
Wia s ausschaugt mit deim Lebn.
Die Neugier hilft di nix, mei Bua,
D Welt geht halt ihrn Gang schö zua,
Und du, du muaßt di gebn.

Sei gscheit! Um d Zukunft krumm di nöt.
Und schaug nur, mit dem dumma Gred
Vergeht die schönste Zeit.
He, Ursch, a frische Maß bringst her!
Bua, trink! Drent gibts koa Weinderl mehr
Die ganze Ewigkeit!

I 13

Cum tu, Lydia, Telephi
  cervicem roseam, cerea Telephi
laudas bracchia, vae meum
  fervens difficili bile tumet iecur.

tunc nec mens mihi nec color
  certa sede manent, umor et in genas
furtim labitur, arguens
  quam lentis penitus macerer ignibus.

uror, seu tibi candidos
  turparunt umeros inmodicae mero
rixae, sive puer furens
  impressit memorem dente labris notam.

non, si me satis audias,
  speres perpetuum dulcia barbare
laedentem oscula, quae Venus
  quinta parte sui nectaris imbuit.

felices ter et amplius,
  quos inrupta tenet copula nec malis
divolsus querimoniis
  suprema citius solvet amor die.

D Eifersucht

Lobst du an Sepperl seine Arm
Und seine festen Wadl,
Und schaugst n an recht kreuzverliabt,
I kunnt di zreißen, Madl!

Da beiß i d Zähnd fest aufanand,
Grad kremmeln teands und kracha,
Und zittern tean mir meine Knia;
Was hilfts? I kann nix macha.

Und wenn er di zum Tanzen holt
Und druckt di wia=r=an Zelten,
Und halst und busselt di nöt gscheit,
I kann grad für mi schelten.

Mei, Sepperl, trau dem Luada nöt!
Bald kemman andre Zeiten:
Wia hats mi ghalst und busselt scho,
Und iatzt? — schaugts schnell auf d Seiten.

Wann i den Hans und d Vroni siech,
Vor lauter Neid verkimm i:
Wia Stahl und Eisen haltens zsamm,
Dös is a Liab vom Himmi.

O matre pulchra filia pulchrior,
quem criminosis cumque voles modum
pones iambis, sive flamma
sive mari libet Hadriano.

non Dindymene, non adytis quatit
mentem sacerdotum incola Pythius,
non Liber aeque, non acuta
sic geminant Corybantes aera,

tristes ut irae, quas neque Noricus
deterret ensis nec mare naufragum
nec saevus ignis nec tremendo
Iuppiter ipse ruens tumultu.

fertur Prometheus addere principi
limo coactus particulam undique
desectam et insani leonis
vim stomacho apposuisse nostro.

Abbitte

Und is dei Tochter no so sauber,
Du selm bist no wia Milch und Bluat;
Wannst nur net gar so giftig sei kunntst, —
Geh, Zenzei, sei mir wieder guat!

Der Schliersee tuat net so abscheuli,
Wann grad a Wetter umiziagt;
Der narrat Hias tuat net so wüati,
Wann er an Anfall wieder kriagt,

Als wia=r=a zornigs Leut: koa Wasser,
Koa Messer kann den Wildling stelln;
Der rennt ins schönste Feuer eini,
Rauft mit m Teufi in der Hölln.

I moa scho, wia dr liabe Herrgott
Das Menschentoagerl zsamm hat gmischt,
Da hat er in der Eil beim Suacha
Vom wilden Viech a Trumm derwischt.

irae Thyesten exitio gravi
stravere et altis urbibus ultimae
stetere causae, cur perirent
funditus imprimeretque muris

hostile aratrum exercitus insolens.
compesce mentem! me quoque pectoris
temptavit in dulci iuventa
fervor et in celeres iambos

misit furentem. nunc ego mitibus
mutare quaero tristia, dum mihi
fias recantatis amica
opprobriis animumque reddas.

I 17

Velox amoenum saepe Lucretilem
mutat Lycaeo Faunus et igneam
defendit aestatem capellis
usque meis pluviosque ventos.

impune tutum per nemus arbutos
quaerunt latentis et thyma deviae
olentis uxores mariti,
nec viridis metuunt colubras

nec Martialis Haediliae lupos,
utcumque dulci, Tyndari, fistula
valles et Usticae cubantis
levia personuere saxa.

di me tuentur, dis pietas mea
et Musa cordi est. hinc tibi copia
manabit ad plenum benigno
ruris honorum opulenta cornu.

Der Zorn, der hat an Buacherbauern
Um Haus und Hof, ins Zuchthaus bracht;
Der hat die saubre Müllernandei
Zum Männergspött von Aurach gmacht.

Schau, Zenzei, schau, gib nach a bisserl,
I selm bin ja a hitzigs Bluat;
Und hab scho böse Gstanzeln gsunga
Auf d Zenzei in meim Übermuat.

Dös reut mi iatzt. Zruck nimm i alles;
Und wennst gar moanst, daß s no nöt tuat,
So ruck is halt in Schlierachbotn —
Nur, Zenzei, sei mir wieder guat!

St. Leonhard

Wenns Viech im Langst an Stall verlaßt,
Da ziagt St. Leahard mit auf d Alm
Und schaugt, daß koans an Haxen bricht,
Koa Krankhat umwirft Kuah und Kalbn.

Da brauchst koa Angst z habn, wanns dir glei
Wia d Gamsen kraxeln umanand,
Die guaten Kräutln zsammaklaubn,
Als hättens wirkli an Verstand.

Koa Geier holt a Kitz davo,
Koa Wetter schlagt in d Hüttn ei,
Solangst an Leahard nöt vergißt,
Wanns drunt Gebet läut hell und fei.

St. Leahard is mein Schutzpatron
Und d Zithern is mein liabster Schatz;
Geh, spirr dein dumms Büro nur zua
Und kimm zu mir, i hob schon Platz!

hic in reducta valle Caniculae
vitabis aestus et fide Tëia
dices laborantis in uno
Penelopen vitreamque Circen.

hic innocentis pocula Lesbii
duces sub umbra, nec Semeleius
cum Marte confundet Thyoneus
proelia, nec metues protervum

suspecta Cyrum, ne male dispari
incontinentis iniciat manus
et scindat haerentem coronam
crinibus immeritamque vestem.

I 18

Nullam, Vare, sacra vite prius severis arborem
circa mite solum Tiburis et moenia Catili:
siccis omnia nam dura deus proposuit, neque
mordaces aliter diffugiunt sollicitudines.

quis post vina gravem militiam aut pauperiem crepat?
quis non te potius, Bacche pater, teque, decens Venus?
ac ne quis modici transiliat munera Liberi,
Centaurea monet cum Lapithis rixa super mero

debellata, monet Sithoniis non levis Euhius,
cum fas atque nefas exiguo fine libidinum
discernunt avidi. non ego te, candide Bassareu,
invitum quatiam nec variis obsita frondibus

sub divum rapiam. saeva tene cum Berecyntio
cornu tympana, quae subsequitur caecus amor sui
et tollens vacuum plus nimio gloria verticem
arcanique fides prodiga, perlucidior vitro.

Da waht so frisch der Wind herobn
Und d Luft, die is so gsund und rein;
Willst Verserl macha — dei Vergnüagn —,
Da falln dr gwiß die schönsten ein.

Da trinkst a guate Buttermilch
Und liegst im Schattn Stund für Stund
Und schaugst, wias Gwölkat umaziagt
Und pfeifst auf d Leut, dort z tiafast drunt.

Moanst, s Schatzerl kriagt Zeitlang nach dir?
Geh, Narrei, sei nöt gar so dumm!
Die tröst si mit an anderm scho,
Kam drahst an Buckl halbert um.

Vom Terlaner

Mei Liaber, in dein Keller leg
Nix anders wia-r-a Faß Terlaner!
Dös Weinderl mag koa Traurigkeit
Und is a ganz a schlauer Planer.

A Flaschen gschluckt und alls is schö,
Da kriagst a Schneid scho glei für zehni,
Natürli saufst nöt wia-r-a Stier,
Sunst gehts dir wia-r-an Huaberbeni.

Der hat im Rausch sein Freund derschlagn,
Is s halbe Lebn im Zuchthaus gsessen:
Wer iatz dös arme Manndei siecht,
Kann so an Unglück nöt vergessen.

Und sauf nöt wia der Muck, der beicht
Im Rausch an niadem seine Sünden,
Da muaß a Kapuziner selm,
Der viel vertragn ko, sakrisch schlünden.

I 19

Mater saeva Cupidinum
Thebanaeque iubet me Semelae puer
et lasciva Licentia
finitis animum reddere amoribus.

urit me Glycerae nitor
splendentis Pario marmore purius;
urit grata protervitas
et voltus nimium lubricus aspici.

in me tota ruens Venus
Cyprum deseruit, nec patitur Scythas
et versis animosum equis
Parthum dicere nec quae nihil attinent.

hic vivum mihi caespitem, hic
verbenas, pueri, ponite turaque
bimi cum patera meri:
mactata veniet lenior hostia.

I 20

Vile potabis modicis Sabinum
cantharis, Graeca quod ego ipse testa
conditum levi, datus in theatro
cum tibi plausus,

care Maecenas eques, ut paterni
fluminis ripae simul et iocosa
redderet laudes tibi Vaticani
montis imago.

Die Teufelsliab

Die Teufelsliab — s is nöt zum sagn—
Die will mi wieder foppen;
Und hab i gmoant, a stoanras-Herz
Schlagt unter meiner Joppen.

Dös Müllerkathei is dran schuld
Mit ihre netten Handerl:
Die lacht di an so narrisch liab
Mit ihre weißen Zahnderl.

Wia s kalte Fiaber packt mi d Liab;
Mei Arbat is vergessen,
Verrosten tuat mei schöne Büchs,
I luf, als war i bsessen.

He, Hausrin, her mit m Feirtagwand,
Wof, eingspannt meine Rappen!
I fahr zum Müller und halt an:
Mei Kopf, der braucht a Kappen.

Einladung

I kann dir nur an Kerschgeist gebn,
I habn freili selber brennt,
Woaßt damals, wia zu deiner Primiz
Dös ganze Leizachtal is grennt.

Wia ham die Glocken z Fischba brummt
Und z Birkastoa die Böller kracht;
S hat von die Berg rundumadum
A ganz a furchtbars Echo gmacht.

Caecubum et prelo domitam Caleno
tu bibas uvam: mea nec Falernae
temperant vites neque Formiani
pocula colles

I 22

Integer vitae scelerisque purus
non eget Mauris iaculis neque arcu
nec venenatis gravida sagittis,
Fusce, pharetra,

sive per Syrtis iter aestuosas
sive facturus per inhospitalem
Caucasum vel quae loca fabulosus
lambit Hydaspes.

namque me silva lupus in Sabina,
dum meam canto Lalagen et ultra
terminum curis vagor expeditis,
fugit inermem,

Bei Enk im Pfarrhof freili trinkts
A teuers Weinderl, echt und fei:
Mir leidts nix anders wia-r-a Bier,
A Glaserl Schnaps, an Antenwei.

Mei Liesl

Wer recht a saubers Gwissen hat,
Der braucht koa Messer nöt, koan Stecka,
Der hängt koa Amadeilln an Hals,
Der braucht vor koam Schandarm derschrecka.

Er därf ins China einigehn,
Wo d Boxer wüaten grad wia bsessen;
Er därf si zu die Schwarzen traun,
Die wo die Foasten zsammafressen.

So geh i znachst am Troathen rum
Und sing a Liad von meiner Liesl;
Af oamal steht a Viech vor mir
Und glotzt — und lauft als wia-r-a Wiesl.

quale portentum neque militaris
Daunias latis alit aesculetis
nec Iubae tellus generat, leonum
arida nutrix.

pone me, pigris ubi nulla campis
arbor aestiva recreatur aura,
quod latus mundi nebulae malusque
Iuppiter urget;

pone sub curru nimium propinqui
solis, in terra domibus negata:
dulce ridentem Lalagen amabo,
dulce loquentem.

I 23

Vitas hinuleo me similis, Chloe,
quaerenti pavidam montibus aviis
matrem non sine vano
aurarum et siluae metu.

nam seu mobilibus vepris inhorruit
ad ventos foliis, seu virides rubum
dimovere lacertae,
et corde et genibus tremit.

atqui non ego te tigris ut aspera
Gaetulusve leo frangere persequor:
tandem desine matrem
tempestiva sequi viro.

A schreckligs Viech, i habs nöt kennt,
Hat ausgschaugt schiacher wia dr Teufi;
Hätt i an schwarzen Bockfuaß gsehgn,
Dann gabs a so bei mir koan Zweifi.

Und packat mi der Teufi glei
Und lassat mi am Nordpol sitzen,
Wo s d Tröpferl an der Nasen gfriert
Und wo die Leut Eiszapfen schwitzen;

Und liaß er mi ztiafst in der Höll
Zsammbraten zu am zaundürrn Bröckerl —:
J denkat nur an sie, wias lacht
So hell wias Birkenstoaner Glöckerl.

An der Rockfalten

Und kam bin i wo,
So laufst mir davo,
Wia-r-a Rehgoaßl rennt,
Dös si nimmer auskennt.

Fallt a Laubets vom Bam,
Rührt a Winderl si kam,
Wenn si a-n Oadachsel muckt,
Roasts aus wia verruckt.

Bleib stehn, geh zu mir,
J bin koa wilds Tier;
Laß an Muatterrock sei,
Juchhe, dann ghörst mei.

I 25

Parcius iunctas quatiunt fenestras
iactibus crebris iuvenes protervi
nec tibi somnos adimunt, amatque
ianua limen,

quae prius multum facilis movebat
cardines. audis minus et minus iam:
‘me tuo longas pereunte noctes,
Lydia, dormis?‘

invicem moechos anus arrogantis
flebis in solo levis angiportu,
Thracio bacchante magis sub inter-
lunia vento,

cum tibi flagrans amor et libido,
quae solet matres furiare equorum,
saeviet circa iecur ulcerosum,
non sine questu,

laeta quod pubes hedera virenti
gaudeat pulla magis atque myrto,
aridas frondes hiemis sodali
dedicet Euro.

I 26

Musis amicus tristitiam et metus
tradam protervis in mare Creticum
portare ventis, quis sub Arcto
rex gelidae metuatur orae,

quid Tiridaten terreat, unice
securus. o quae fontibus integris

D Vroni

Siechst, Vroni, siechst, iatzt hast a Ruah,
Jatzt kimmt dö ganze Zeit koa Bua
Zum Fensterln mehr, brauchst nöt derschrecka,
Koa Klopfa tuat di mehr derwecka.

Und wia hams sunst um d Vroni to!
Hast gmoant, beim Beichtn stengans o.
Habn grauft um di, habn gbitt und gscholten, —
Nöt oan hats in der Kammer bholten.

Jatzt stell di für an Spiagel für,
Zahnluckat bist, zaunnsteckadürr,
Dei schöner Zopf is nur a Stutzel
Und gfaltrat bist als wia-r-a Hutzel.

Ja, iatzat sitzts in ihrer Stubn
So oalad da und schaugt so dumm.
Jatzt wenn der bucklat Sepp anfragat,
I wett, daß d Vroni nöt „na" sagat.

Neamd aber kimmt und holt den Schatz,
Drum is s so granti wia-r-a Katz.
Recht kann ihr neamad ebbas macha,
Und willst as giften, därfst grad — lacha.

Mei Zithern

So lang i nur mei Zithern hab,
Kenn i koa Traurigkeit;
I sing a Liadel und vertriebn
Is d Zwidernis scho weit.

Wer in Marokko Kini is,
Dös is mir wirkli gleich,

gaudes, apricos necte flores,
necte meo Lamiae coronam,

Pimplei dulcis: nil sine te mei
prosunt honores: hunc fidibus novis,
hunc Lesbio sacrare plectro
teque tuasque decet sorores.

I 27

Natis in usum laetitiae scyphis
pugnare Thracum est: tollite barbarum
morem verecundumque Bacchum
sanguineis prohibete rixis.

vino et lucernis Medus acinaces
immane quantum discrepat: impium
lenite clamorem, sodales,
et cubito remanete presso.

voltis severi me quoque sumere
partem Falerni? dicat Opuntiae
frater Megillae, quo beatus
volnere, qua pereat sagitta.

cessat voluntas? non alia bibam
mercede. quae te cumque domat Venus,
non erubescendis adurit
ignibus ingenuoque semper

amore peccas. quicquid habes, age
depone tutis auribus. — a miser,
quanta laborabas Charybdi,
digne puer meliore flamma!

Die Hauptsach is, i hab a Glück,
Wenn i zum Nandei schleich.

Ja, Nandei, wann i Zithern schlag,
So patscht a niader Bua;
Und dengerst spiel i nia so guat,
Als hört mir s Nandei zua.

Unter Brüdern

Grüaß Gott beinand! He, Löder, ös!
Muaß s Enk der Rabnwirt sagn?
Die Maßkrüag sand zum Trinka da,
Und nöt zum Kopfeischlagn!

Wenns raufa wollts, so packts Enk zsamm,
In meim Haus gebts a Ruah! —
Gehts weiter, ruck ma grüabi zsamm,
Gschrian ham mir iatzat gnua.

I zahl a Maß und trink mit Enk.
Halt, Brüaderl, zerst a Frag:
Was für a Dirndl foppt di denn?
Ha, Holzerhiasel, sag!

Du sagst as nöt? So zahl i nix,
I ko mei Neugier gratn.
Es wird scho recht was Bsunders sei,
Dös därf ma nöt verratn.

Geh, sag mirs stad in d Waschel nei! —
Na, na, dös is nöt wahr!!
Die rote Wabn, Höllsakrabirn,
Du bist an armer Narr!

quae saga, quis te solvere Thessalis
magus venenis, quis poterit deus?
vix inligatum te triformi
Pegasus expediet Chimaera.

I 29

Icci, beatis nunc Arabum invides
gazis et acrem militiam paras
non ante devictis Sabaeae
regibus horribilique Medo

nectis catenas? quae tibi virginum
sponso necato barbara serviet?
puer quis ex aula capillis
ad cyathum statuetur unctis,

doctus sagittas tendere Sericas
arcu paterno? quis neget arduis
pronos relabi posse rivos
montibus et Tiberim reverti,

Wennst hundert Messen lesen laßt,
Du kimmst nöt von ihr weg;
Und wennst di no so beuteln tuast,
Bleibts hänga wia=r=a Zeck.

Als der Jagdgehilfe Sixt sich freiwillig zum Chinafeldzug meldete

O jegerl, Sixt, was muaß i hörn!
Du willst a Chinakriager wern.
Willst eah die langa Zöpf verschandeln
Und mit die Boxerkerl anbandeln?

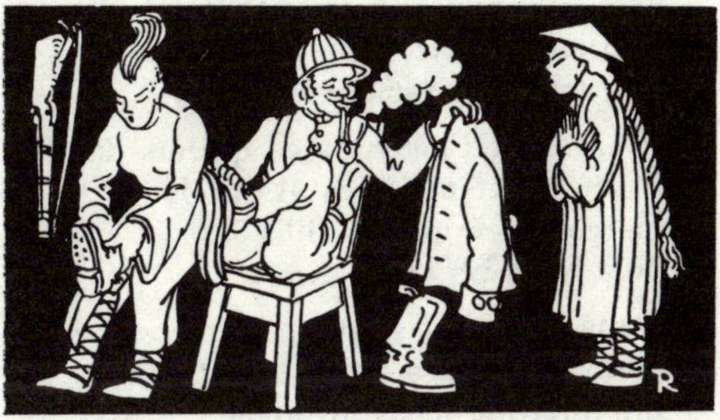

Fangst ebba gar — dös kunnt scho sei —
A schöns Chinesenweiberl ei
Zum Kocha, Waschen, Hosenflicka,
Zum Stiefelwichsen, Söckelstricka.

Jatzt glaub i, daß d Falepp si gschwind
Umdraht und schö bergaufi rinnt,
Und daß der Hias, dös größte Luader
Znachst wird a Kapuzinerbruader,

cum tu coemptos undique nobilis
libros Panaeti, Socraticam et domum
mutare loricis Hiberis,
pollicitus meliora, tendis?

I 31

Quid dedicatum poscit Apollinem
vates? quid orat de patera novum
fundens liquorem? non opimae
Sardiniae segetes feracis,

non aestuosae grata Calabriae
armenta, non aurum aut ebur Indicum,
non rura, quae Liris quieta
mordet aqua taciturnus amnis.

premant Calena falce quibus dedit
Fortuna vitem, dives ut aureis
mercator exsiccet culillis
vina Syra reparata merce,

dis carus ipsis, quippe ter et quater
anno revisens aequor Atlanticum
impune: me pascunt olivae,
me cichorea levesque malvae.

frui paratis et valido mihi,
Latoe, dones et, precor, integra
cum mente nec turpem senectam
degere nec cithara carentem.

Weil iatzt der Sixt sein Spitzingsee
Verlaßt und seine Hirsch und Reh.
Dem Dackl wern die Ohrn scho länga —
Mei, Sixt, du laßt as aa no hänga.

Meine Wünsch

Wann iatzt s Bergmanndl kam und sagat:
„Geh, Seppei, wünsch dir, was dir gfallt!"
Moanst, daß i mi mitm Denka plagat?
Dös hätt i glei, i sagat halt:

I wünsch nöt hundert Taber Alma,
Nöt tausend Schaffl goldre Füchs,
Koa schware Ochsen, feste Kalma,
Koa neuchi Uhr, koa neuchi Wichs.

I bin an Rothschild aa nöt neidi,
Der wo si in Schampaner badt,
Bei dem im Winter d Kersch wern zeiti,
Der mit Banknotn d Henndl brat;

Mir tuat da Goaskas grad so schmecka,
Und hinterdrein a Halbe Bier,
Mei Pfeifa gaab i ums Verrecka
Nöt her und gaabst mir alls dafür.

Grad, was i hab, dös möcht i bhalten:
Mei Zithern und mei kloane Sach
Und daß i später zsammt die Falten
Gsund bleib und gradso lusti lach!

I 33

Albi, ne doleas plus nimio memor
immitis Glycerae, neu miserabilis
decantes elegos, cur tibi iunior
laesa praeniteat fide.

insignem tenui fronte Lycorida
Cyri torret amor, Cyrus in asperam
declinat Pholoen: sed prius Apulis
iungentur capreae lupis,

quam turpi Pholoe peccet adultero.
sic visum Veneri, cui placet imparis
formas atque animos sub iuga aenea
saevo mittere cum ioco.

ipsum me melior cum peteret Venus,
grata detinuit compede Myrtale
libertina, fretis acrior Hadriae
curvantis Calabros sinus.

I 34

Parcus deorum cultor et infrequens,
insanientis dum sapientiae
consultus erro, nunc retrorsum
vela dare atque iterare cursus

cogor relictos: namque Diespiter,
igni corusco nubila dividens
plerumque, per purum tonantis
egit equos volucremque currum,

D Liab is gspaßi

Geh weiter, Hias, sei nöt so dumm
Und laß an Kopf nöt hänga!
Wer bringt si zwegn an Madl um,
Geh, spinn und luf nöt länga!

Schau, d Zenzei möcht an Sepp so gern,
Der Sepp lauft nach der Loni,
Und d Loni schreit: I will nix hörn,
Mir gfallt alloa der Toni.

So gspaßi fallt die Liab oft zsamm,
Als möchts die Leut grad tratzen,
Und was s amol im Schedl ham,
Dös kannst nöt wegaschmatzen.

I selm habs Miadei so veracht
Und hab mei Alte gnumma;
I habs derraten; Tag und Nacht
Tuats nix wia grein und brumma.

Sicher ist sicher

I muaß scho sagn: i hab mi nia
Ums Kirchagehn grad grissen,
Beim Beichten hab i diamol gmoant:
Alls braucht er a nöt zwissen.

Znachst hats mir aber an Deuter gebn:
I will grad Stiefei macha —
Am blaua Himmi blengertst d Sunn —
Auf oamal tuats an Kracha,

quo bruta tellus et vaga flumina,
quo Styx et invisi horrida Taenari
sedes Atlanteusque finis
concutitur. valet ima summis

mutare et insignem attenuat deus,
obscura promens: hinc apicem rapax
Fortuna cum stridore acuto
sustulit, hic posuisse gaudet.

I 38

Persicos odi, puer, apparatus,
displicent nexae philyra coronae;
mitte sectari, rosa quo locorum
sera moretur.

simplici myrto nihil adlabores
sedulus, curo: neque te ministrum
dedecet myrtus neque me sub arta
vite bibentem.

II 2

Nullus argento color est avaris
abdito terris, inimice lamnae
Crispe Sallusti, nisi temperato
splendeat usu.

vivet extento Proculeius aevo,
notus in fratres animi paterni;
illum aget pinna metuente solvi
Fama superstes.

Daß gmoant hast, d Welt fallt fredi ei:
Mi hats auf d Erden gschmissn,
An Büchsenschuß von mir weg hat
Der Blitz an Birnbam zrissn. —

Da bin i glei am Sunnta drauf
Zum Beichtn hoamli gschlicha,
Und dösmol hab i alls verratn:
Woaßt, sicha is halt sicha!

Wia-r-is mag

Dös Gschnaxelwerk, mei Liaber, mag i nöt,
Die fremden Dinga;
Wennst wo a Nagerl findst am Bleamistock,
Dös därfst mir bringa.

Nix Radio, dös paßt für uns zwoa nöt,
Mir alten Brocka!
Wir bleibn bei unserm alten Zitherngspiel
Und beim Tarocka.

Dös Teufelsgeld

Mei liaber Sixt, der Teufel hat
Am Geld sei schwarze Bratzn,
Wannst gar nix kennst und kannst als Geld
Zsammschachern und zsammkratzn.

Da schaug an Pfarrer Huaber an,
Dös kunnt ma si kam denka:
Der gunnt si selber nix und tuat
Den letzten Knopf verschenka.

latius regnes avidum domando
spiritum, quam si Libyam remotis
Gadibus iungas et uterque Poenus
serviat uni.

crescit indulgens sibi dirus hydrops,
nec sitim pellit, nisi causa morbi
fugerit venis et aquosus albo
corpore languor.

redditum Cyri solio Phrahaten
dissidens plebi numero beatorum
eximit virtus populumque falsis
dedocet uti

vocibus, regnum et diadema tutum
deferens uni propriamque laurum,
quisquis ingentis oculo inretorto
spectat acervos.

II 3

Aequam memento rebus in arduis
servare mentem, non secus in bonis
ab insolenti temperatam
laetitia, moriture Delli,

seu maestus omni tempore vixeris,
seu te in remoto gramine per dies
festos reclinatum bearis
interiore nota Falerni.

Ja, ja, du bist a größrer Herr,
Wannst d Ruacherei kannst zwinga,
Als taand dir hunderttausend Mark
In deine Kästen klinga.

Die Ruacherei und d Wassersucht
Di wern dir selten besser:
Wannst ganze Kübeln Wasser saufst,
Der Durst wird allweil größer.

Moanst ebba gar, dem Rothschild sand
Scho alle Wünsch nausganga?
Man kunnt mit recht viel Häufen Geld
Dös größte Glück derfanga?

Da ham die Leut an falschen Glaubn:
In unserm Welttheater
Is mancher Kini nur a Knecht
Und Herr a Bettelfrater.

Gscheit sein!

I sag dir nur dös oani: laß
Di gar nia ausm Häusel bringa;
Gehts dir a no so sakrisch guat,
Und möcht di s Unglück niederzwinga.

Obst s ganze Lebn so zwider bist,
Daß d Milli zsammgeht, siechts di kumma;
Obst kreuzfidel dei Lebtag bist,
Dei Requiem werns dir allweil brumma.

quo pinus ingens albaque populus
umbram hospitalem consociare amant
ramis? quid obliquo laborat
lympha fugax trepidare rivo?

huc vina et unguenta et nimium brevis
flores amoenae ferre iube rosae,
dum res et aetas et sororum
fila trium patiuntur atra.

cedes coemptis saltibus et domo
villaque, flavus quam Tiberis lavit:
cedes et exstructis in altum
divitiis potietur heres.

divesne prisco natus ab Inacho
nil interest an pauper et infima
de gente sub divo moreris,
victima nil miserantis Orci:

omnes eodem cogimur, omnium
versatur urna serius ocius
sors exitura et nos in aeternum
exilium impositura cumbae.

Siechst, wia der Wirt an Banzen holt?
  Hörst d Musikanten langsam stimma?
Siechst, wia dös Miadei umazahnt?
  Greif zua, so taugnsam triffst as nimma!

Ruck hin zum Dirndel, bstell ihr schnell
  A Springerl und a Weinbeerlkipfl!
So lang daß d frisch und munter bist,
  Pack nur die Glegenheit beim Zipfl!

Fort muaßt amol von dera Welt,
  Von Hoam und Hof, von Alm und Felder;
Kam habns di eigrabn, laufn d Erbn,
  Verteiln die zsammagscharrten Gelder.

Obst iatzt der reiche Taxis waarst,
  Der in der Zell jagt umanander;
Obst waarst der Haderlumpahias,
  Sterbn muaß der oani wia der ander.

An niadem löscht sei Lamperl aus,
  Dem oan recht spat, dem andern früahra;
Und wen der Freidhof gfressen hat,
  Der kimmt lebendi nimma vüra.

Ne sit ancillae tibi amor pudori,
Xanthia Phoceu! prius insolentem
serva Briseis niveo colore
movit Achillem;

movit Aiacem Telamone natum
forma captivae dominum Tecmessae;
arsit Atrides medio in triumpho
virgine rapta.

nescias an te generum beati
Phyllidis flavae decorent parentes:
regium certe genus et penatis
maeret iniquos.

crede non illam tibi de scelesta
plebe dilectam, neque sic fidelem,
sic lucro aversam potuisse nasci
matre pudenda.

An den Herrn Oberförster

Daß dir die Kellnrin von der Post
So sakrisch gfallt, koa Mensch verdammt;
Hat nöt der alte Herkules
Die Hebe gholt aufs Standesamt?

Hat nöt der Scherl drobn von Berlin
Die Schützenliesl von Brixlegg
Derspecht und gernghabt und verliabt
Dös Dirndel gheirat frisch vom Fleck?

Wer woaß, ob nöt dei Mirzl gar
A hoamliche Prinzessin is?
Seit d Revolution is gwen,
Sand Rang und Stand gar nimmer gwiß.

Drei Schritt vom Leib halts alle weg
Und hört nöt, was a Frecher schmatzt
Und gibt nöt o, wenn oaner lockt
Und lacht grad, wenns a Lalli tratzt.

bracchia et voltum teretisque suras
integer laudo: fuge suspicari,
cuius octavum trepidavit aetas
claudere lustrum.

II 5

Nondum subacta ferre iugum valet
cervice, nondum munia comparis
aequare nec tauri ruentis
in venerem tolerare pondus.

circa virentis est animus tuae
campos iuvencae, nunc fluviis gravem
solantis aestum, nunc in udo
ludere cum vitulis salicto

praegestientis. tolle cupidinem
immitis uvae: iam tibi lividos
distinguet autumnus racemos
purpureo varius colore.

iam te sequetur: currit enim ferox
aetas, et illi, quos tibi dempserit,
adponet annos: iam proterva
fronte petet Lalage maritum,

dilecta quantum non Pholoe fugax,
non Chloris albo sic umero nitens,
ut pura nocturno renidet
luna mari Cnidiusve Gyges.

Und Augn hats, jessas, wia-r-a Gluat,
A Göscherl, dös kunnt busseln gnua!
Schaug nöt so wild! Bei meine Jahr
Werst do nöt eifern, dummer Bua!

Abwarten!

Schaug hin, es is ja no a Füllei,
Recht voller Übermuat;
Eispanna kannst dös Ding no gar nia,
Zum Reiten is s no z guat.

Schaug hin, wias umanandertrappelt,
Wias stampft und schreit und hupft!
Wias um die Alte umaschwanzelt
Und an die Grashalm zupft!

Geh, wart doch! Sie is no nöt zeiti!
Und wanns di no so lockt:
Wann d Kerschbam wieder funkelrot sand,
Und d Haselnüß wern brockt,

Da därfst grad beuteln und der Apfel
Fallt zeiti dir in d Händ:
Dann därfst grad herzhaft einibeißn,
Festhalten mit die Zähnd. —

D Maschansker habn gar schöne Backerl,
Süaß is der griachisch Wei:
Dös schönste Apferl is dös Dirndl,
I wollt, sie ghörat mei.

Septimi, Gadis aditure mecum et
Cantabrum indoctum iuga ferre nostra et
barbaras Syrtis, ubi Maura semper
aestuat unda:

Tibur Argeo positum colono
sit meae sedes utinam senectae,
sit modus lasso maris et viarum
militiaeque.

unde si Parcae prohibent iniquae,
dulce pellitis ovibus Galaesi
flumen et regnata petam Laconi
rura Phalantho.

ille terrarum mihi praeter omnis
angulus ridet, ubi non Hymetto
mella decedunt viridique certat
baca Venafro,

ver ubi longum tepidasque praebet
Iuppiter brumas et amicus Aulon
fertili Baccho minimum Falernis
invidet uvis.

ille te mecum locus et beatae
postulant arces, ibi tu calentem
debita sparges lacrima favillam
vatis amici.

A feins Platzerl

I woaß scho, Sepp, du gaangst mit mir
Bis zu die schwarzen Lackel,
Wos d Menschen bratn und selcha teand,
Wia unseroaner d Fackel.

Wenn i an alter Dattel bin,
Da ziagst mit mir auf Münka:
Da tuan mr drunt im Hofbräuhaus
Stad unsre Maßeln trinka.

Wannst aber moanst, es leidts uns nöt,
Wir kunntens nöt derschnaufa,
So möcht i mir in Rosenham
A wunzigs Häuserl kaufa.

A schöners Platzerl wußt i nöt
Im ganzen Landl znenna:
Da kann dei Wei von fruah bis spat
In die Kirchen umarenna.

Und Keller gibts und guate Bier,
Spaziergäng um das Stadtl,
Und — halt di bisserl näher her! —
Nöt weni saubre Madl!

Da ziagn ma mitanander hin
Und tuan uns schö stad fretten;
Und wann i stirb, so tuast mir halt
An Vaterunser beten.

II 7

O saepe mecum tempus in ultimum
deducte Bruto militiae duce,
quis te redonavit Quiritem
dis patriis Italoque caelo,

Pompei, meorum prime sodalium,
cum quo morantem saepe diem mero
fregi coronatus nitentis
malobathro Syrio capillos?

tecum Philippos et celerem fugam
sensi, relicta non bene parmula,
cum fracta virtus et minaces
turpe solum tetigere mento.

sed me per hostis Mercurius celer
denso paventem sustulit aëre:
te rursus in bellum resorbens
unda fretis tulit aestuosis.

ergo obligatam redde Iovi dapem,
longaque fessum militia latus
depone sub lauru mea nec
parce cadis tibi destinatis.

oblivioso levia Massico
ciboria exple, funde capacibus
unguenta de conchis. quis udo
deproperare apio coronas

curatve myrto? quem Venus arbitrum
dicet bibendi? non ego sanius
bacchabor Edonis: recepto
dulce mihi furere est amico.

Als der Irgei von der Zell von Amerika heimkam

Ja, gibts dös? Bist as wirkli, alter Planer?
Hams endli gnua von dir, d Amerikaner?
An Juhschroa tuats dr! Jessasna, so hell
Kanns oaner grad, der Irgei von der Zell!

No, Brüaderl, grüaß di Gott und setz di nieda!
Wia-r i di iatzat siech, da denk i wieda:
Wia habn mir grauft und gsuffa mitanand,
Von Zell bis Schliers wia rote Hund bekannt!

Und oamol bin i mit zum Schwirzen ganga
In d Ursprüng, hätt uns bald a Grenzer gfanga.
I laß glei fahrn an Rucksack voll Tabak,
Mei Herzerl is mir gfalln in Hosensack,

I roas als wia-r-a Gams, i war nöt zum derhalten,
D Geitaueralmrin hat mi hoamli bhalten.
Und du? Du hast mei Packl aa no packt,
Bist an der Maut vorbei — s hat koaner gfragt. —

He, Alte, drahr an Hals um deine Gickerl!
Na, oder magst a saftigs schweiners Stückerl?
Magst Schucksen? Magst an selberbrennten Geist,
Der wo dir glei d Todsünden wegabeißt?

He, Kellnerin, zapf o a ganz neus Faßl!
An Irgei bringst dös erste frische Maßl!
Du, Dirndl, holst an Zitherntoni glei,
Der is bei jeder Gaudi gern dabei! — — —

Jatzt singts und werkts, daß s ganze Wirtshaus wackelt!
Jatzt eßts und trinkts, bis daß a jeder nackelt!
Heunt, moan i, gibts a Räuscherl, wia nöt gscheit,
Weil mi der Irgei halt so damisch gfreut.

Ulla si iuris tibi peierati
poena, Barine, nocuisset umquam,
dente si nigro fieres vel uno
turpior ungui,

crederem: sed tu simul obligasti
perfidum votis caput, enitescis
pulchrior multo iuvenumque prodis
publica cura.

expedit matris cineres opertos
fallere et toto taciturna noctis
signa cum caelo gelidaque divos
morte carentis.

ridet hoc, inquam, Venus ipsa, rident
simplices Nymphae, ferus et Cupido,
semper ardentis acuens sagittas
cote cruenta.

adde quod pubes tibi crescit omnis,
servitus crescit nova, nec priores

D Lena, dös Luader

Wann dir dei Untreu nur amol
A bisserl gschadt hätt, Lena,
Hättst du a Zahnderl nur verlorn,
Warst schiacher worn um s Kenna,

Dann glaubat i, daß s Lüagn a Sünd.
Kam aber kimmt a Taubrer,
Versprichst eahm alls und haltst eahm nix
Und alle Tag wirst saubrer.

Bei alle Heilign ghoaßt du d Treu,
Gott tröstn, bei deim Vodern,
Und d Liab und Treu vergessen hast,
Kam is der Bua beim Godern.

Und lacha kanns dir, schimpfst as zsamm,
Und lacha muaß sei Muader,
Und lacha muaß i ungern selm,
Weils gar a so a Luader.

Moanst, abtreibn lassat si a Bua?
A niader laßt si foppen.

impiae tectum dominae relinquunt,
saepe minati.

te suis matres metuunt iuvencis,
te senes parci miseraeque nuper
virgines nuptae, tua ne retardet
aura maritos.

II 9

Non semper imbres nubibus hispidos
manant in agros aut mare Caspium
vexant inaequales procellae
usque, nec Armeniis in oris,

amice Valgi, stat glacies iners
menses per omnis aut Aquilonibus
querqueta Gargani laborant
et foliis viduantur orni.

tu semper urges flebilibus modis
Mysten ademptum, nec tibi vespero
surgente decedunt amores
nec rapidum fugiente solem.

at non ter aevo functus amabilem
ploravit omnis Antilochum senex
annos, nec impubem parentes
Troilon aut Phrygiae sorores

flevere semper. desine mollium
tandem querellarum, et potius nova
cantemus Augusti tropaea
Caesaris et rigidum Niphaten

A niader fluacht und greint und schimpft,
Und steckt sei Faust in d Joppen.

Moanst, grad die Junga san so dumm?
Die Alten san no leider,
Wenn s Speanzeln nur a wengerl geht,
Na bringst as nimmer weiter.

A netter Trost

Nöt allweil regnts dir schaffelweis,
Als kummat d Sündflut wieder,
Nöt allweil reißt der Wind so schiach
Die schönsten Buachan nieder;

Nöt allweil is der See voll Eis,
Daß d Stadtleut Schlittschuah laufan,
Nöt allweil sand die Unsern so,
Daß s mit die Zeller raufan.

Grad du lust allweil in oa Loch,
Weil s Wei dir gstorbn is, Sepperl,
Und gehst ganz leutscheu umanand,
Schaugst drei grad wia-r-a Depperl.

Geh weiter! Schaug an Sixten o,
So muaßt as aar anfanga;
Dem is sei Wei kam eingrabn gwen,
Is er auf d Brautschau ganga.

Hör auf mit deiner Luserei
Und tua di zuawersitzen!
He! Zithern her! Mir singen iatzt
Dös Liadl vom Wildschützen.

Medumque flumen gentibus additum
victis minores volvere vertices,
intraque praescriptum Gelonos
exiguis equitare campis.

II 10

Rectius vives, Licini, neque altum
semper urgendo neque, dum procellas
cautus horrescis, nimium premendo
litus iniquum.

aureum quisquis mediocritatem
diligit, tutus caret obsoleti
sordibus tecti, caret invidenda
sobrius aula.

saepius ventis agitatur ingens
pinus et celsae graviore casu
decidunt turres feriuntque summos
fulgura montis.

sperat infestis, metuit secundis
alteram sortem bene praeparatum
pectus. informis hiemes reducit
Iuppiter, idem

summovet. non, si male nunc, et olim
sic erit: quondam cithara tacentem
suscitat Musam neque semper arcum
tendit Apollo.

rebus angustis animosus atque
fortis appare: sapienter idem
contrahes vento nimium secundo
turgida vela.

Du, Wirtin, bring a frische Maß,
Heunt san ma wieder lusti
Und — laß dir s stad in d Ohrn neisagn: —
A saubers Dirndl wußt i!!

So mitten durch

Ums Lebn is, hab mrs oft scho denkt,
Grad wia ums Bergsteign ztoa;
Nöt aufirenna wia verruckt,
Nöt rasten jeden Stoa.

So mitten durch — so is s grad recht,
Da wirst as grad derratn,
Nöt allaweil Erdäpfel grad,
Nöt alle Tag an Bratn.

Der Blitz der schlagt am liabsten ei
In Kirchatürm und Bam,
Und tuat dös Wetter no so wild,
Der Zwergbam rührt si kam.

Ans Schlimme denk, wenn alles grat,
Im Unglück hoff nur zua,
Wenns heunt dös schiachste Wetter hat,
Is s schö morgn in der Fruah.

Und gehts dir heunt hundshaari schlecht,
Morgn gwinnst as große Los,
Wer recht geduldi warten kann,
Hats Lebn erst sakrisch los.

Drum schaug nöt wia-r-a Singerl drei,
Geht diamal alls danebn:
Beiß zua und wart, im Kuacha kimmt
Scho wieder a Ziwebn!

II 11

Quid bellicosus Cantaber et Scythes,
Hirpine Quinti, cogitet Hadria
divisus obiecto, remittas
quaerere nec trepides in usum

poscentis aevi pauca: fugit retro
levis iuventas et decor, arida
pellente lascivos amores
canitie facilemque somnum.

non semper idem floribus est honor
vernis neque uno luna rubens nitet
voltu. quid aeternis minorem
consiliis animum fatigas?

cur non sub alta vel platano vel hac
pinu iacentes sic temere et rosa
canos odorati capillos,
dum licet, Assyriaque nardo

potamus uncti? dissipat Euhius
curas edacis. quis puer ocius
restinguet ardentis Falerni
pocula praetereunte lympha?

quis devium scortum eliciet domo
Lyden? eburna dic age cum lyra
maturet, incomptam Lacaenae
more comam religata nodo.

II 12

Nolis longa ferae bella Numantiae
nec durum Hannibalem nec Siculum mare

Zuspruch

Was d Russen oder d Türken treibn,
Ob d Zentrumsmanner oben bleibn,
Da denkst dir, liaber Mo,
Dös geht mi gar nix o.

Nur koa verlornes Stünderl nöt;
Die Zeit a so blitzschnell vergeht;
Mitm Fensterln hats an End,
Dir zittern ja scho d Händ.

Der Almrausch blüaht nöt allweil reich,
Der Mondschein glanzt nöt allweil gleich;
Moanst, dir is s ewi Lebn
Für deine Faxen gebn?

Geh weiter, sitz di her zum Tisch,
Heunt waht der Bergwind gar so frisch,
Dort rumpelt grad a Faß —
He, Kellnerin, a Maß!

Schwoab weg dei dumme Spinnerei!
A Maßl zwoa, a Maßl drei
Und lusti wirst, fidel
Und plattelst auf der Stell.

He, Wirt, geh her — nur auf a Wort!
Schick um an Zitherntoni fort,
Daß er was aufspieln tuat
Und sag, wir zahln fei guat!

Von meiner Wahn

Vom Weltkriag Verserl macha? Naa,
Da will i nix mehr wissen;

Poeno purpureum sanguine mollibus
aptari citharae modis,

nec saevos Lapithas et nimium mero
Hylaeum domitosque Herculea manu
Telluris iuvenes, unde periculum
fulgens contremuit domus

Saturni veteris: tuque pedestribus
dices historiis proelia Caesaris,
Maecenas, melius ductaque per vias
regum colla minacium.

me dulcis dominae Musa Licymniae
cantus, me voluit dicere lucidum
fulgentis oculos et bene mutuis
fidum pectus amoribus;

quam nec ferre pedem dedecuit choris
nec certare ioco nec dare bracchia
ludentem nitidis virginibus sacro
Dianae celebris die.

Ja, ja, die Serben ham mir gjagt,
'D Walachen sand ausg'rissen;
Und an der Somme da san mir ghockt
Im Dreck und Loam und Feua:
Wer dös derlebt hat, liaber Mo,
Braucht d Höll aa nimmer zscheua.

Du bist a Zeitungsschreiber, du
Kannst schöne Sprüchel drachseln;
Schreib du vom Weltkriag, wanns di freut,
Mir gaangst mit solche Gschnaxeln!

I sing a Liad von meiner Wabn,
Wias lacht mit ihre Guckerl,
Wias spitzt ihr Goscherl, zuckersüaß,
Vor Eignsinn tuat koa Ruckerl.

Und geht s Schuahplatt'eln o auf d Nacht,
Da kannst as nimma halten,
Und alls schaugt zua, wia die si draht,
Die Junga wia die Alten.

num tu quae tenuit dives Achaemenes
aut pinguis Phrygiae Mygdonias opes
permutare velis crine Licymniae,
plenas aut Arabum domos,

cum flagrantia detorquet ad oscula
cervicem, aut facili saevitia negat,
quae poscente magis gaudeat eripi,
interdum rapere occupet?

II 13

Ille et nefasto te posuit die,
quicumque primum et sacrilega manu
produxit, arbos, in nepotum
perniciem opprobriumque pagi;

illum et parentis crediderim sui
fregisse cervicem et penetralia
sparsisse nocturno cruore
hospitis; ille venena Colcha

et quicquid usquam concipitur nefas
tractavit, agro qui statuit meo
te triste lignum, te caducum
in domini caput immerentis.

quid quisque vitet, numquam homini satis
cautum est in horas. navita Bosporum
Poenus perhorrescit neque ultra
caeca timet aliunde fata;

miles sagittas et celerem fugam
Parthi, catenas Parthus et Italum
robur: sed improvisa leti
vis rapuit rapietque gentis.

Drum sagat mir der Taxis heut:
„I hätt was mit dir z plauschen;
I gib dir s schönste Schloß von mir,
Nur muaßt mir d Wabn umtauschen",

Da lachat i dem Mo ins Gsicht
Und sagat: „Waarst nöt ohni!
Na, na, mei Liaber, ghalt dei Schloß,
Und s Waberl bleibt beim Toni."

Der Teuxelsbam

Wer di, du Teuxelsbam, hat pflanzt,
Der hat ganz gwiß recht gfluacht und gscholten,
Am Freitag gsunga, gspielt und tanzt,
Die Deanstbotn s Wochalohn hintbholten.

Der hat vielleicht sein Vodern ghaut,
Sei Muader um an Ausnahm bschissen,
Amol oan — jess, mir gruselt d Haut —
Umbracht und tiaf in See neigschmissen.

A solchener hat dös Teuxelstrumm
Drobn anpflanzt unter dene Buschen,
Sonst fallat der Kerl nöt plötzli um
Und hätt mi schier so dumm derwuschen.

Da siecht ma s wieder, is s dir bstimmt,
So kannst an Tod gar nia hinlaufa:
Der Fischer roast, wenn s Wetter kimmt,
Und fürcht sonst gar nix wias Dersaufa.

Der Wildrer schaugt nur wia-r-a Luchs,
Daß er den Jaga siecht bei Zeiten,
Derweilen is der Tod a Fuchs
Und kimmt von der verkehrten Seiten.

quam paene furvae regna Proserpinae
et iudicantem vidimus Aeacum
sedesque discriptas piorum et
Aeoliis fidibus querentem

Sappho puellis de popularibus,
et te sonantem plenius aureo,
Alcaee, plectro dura navis,
dura fugae, mala dura belli.

utrumque sacro digna silentio
mirantur umbrae dicere; sed magis
pugnas et exactos tyrannos
densum umeris bibit aure volgus.

quid mirum, ubi illis carminibus stupens
demittit atras belua centiceps
auris et intorti capillis
Eumenidum recreantur angues?

quin et Prometheus et Pelopis parens
dulci laborum decipitur sono,
nec curat Orion leones
aut timidos agitare lyncas.

II 14

Eheu fugaces, Postume, Postume,
labuntur anni nec pietas moram
rugis et instanti senectae
afferet indomitaeque morti;

non, si trecenis, quotquot eunt dies,
amice, places inlacrimabilem
Plutona tauris, qui ter amplum
Geryonen Tityonque tristi

Ja, bald waar i a Kindsleich worn
Und hätt an Petrus anredn müassen;
Der hätt mi ebba in seim Zorn
Zum Teufi gschickt zum Sündenbüassen.

Da waar i abi tiaf in d Höll
Und hätt sei Urgroßmuader troffa,
Hätt hoazen müassen als sein Gsell,
Daß mir der Schwitz waar abagloffa.

O jessas na! Wen hätt i gsehgn!
An Kramer, der so schlecht hat gmessen,
An Hias, der hat an Schnaps zgern mögn,
An Sepp, der allweil s Zahln vergessen;

Die Schuasterzenz, die Kupplerin,
Die Geigerres, die alte Ratschen,
Die Wabn, die no mit siebazg Jahr
Auf jeden Tanz hat müassen hatschen;

Den Wirt, der doppelt aufschreibn tuat
Und nebn an Faß hat s Wasserkanndl,
Und in an Kessel voller Gluat, —
I hätts nöt glaubn mögn, — d Pfarrernandl!

Sterbn muaß a niader

Mei, Anderl, mei, die Jahreln schiaßen
So schnell davo als wia da Wind,
Bald wirst a s Zipperl spüarn müassen,
Und dappi wirst als wia-r-a Kind.

Und laßt glei hundert Messen lesen,
Wallfahrst alljahr auf Birkastoa,
Sterbn muaßt, obst ausfahrst in der Schesen,
Obst Hirtabua bist in der Gmoa.

compescit unda, scilicet omnibus,
quicumque terrae munere vescimur,
enaviganda, sive reges
sive inopes erimus coloni.

frustra cruento Marte carebimus
fractisque rauci fluctibus Hadriae,
frustra per autumnos nocentem
corporibus metuemus austrum.

visendus ater flumine languido
Cocytos errans et Danai genus
infame damnatusque longi
Sisyphus Aeolides laboris.

linquenda tellus et domus et placens
uxor, neque harum, quas colis, arborum
te praeter invisas cupressos
ulla brevem dominum sequetur.

absumet heres Caecuba dignior
servata centum clavibus et mero
tinguet pavimentum superbis
pontificum potiore cenis.

II 15

Iam pauca aratro iugera regiae
moles relinquent, undique latius
extenta visentur Lucrino
stagna lacu platanusque caelebs

evincet ulmos. tum violaria et
myrtus et omnis copia narium

Der Boandelkramer holt di mitten
Aus deiner schönsten Arbat raus,
Da hilft koa Betteln nöt, koa Bitten,
Er streicht di ausm Lebn aus.

Da hilft dr nix und wennst a suzelst
An Kneipptee maßweis Tag und Nacht,
Wennst di in Pelz zu tiafst neiwuzelst,
Daß ja koa Lüfterl dir was macht.

Du muaßt dro glaubn. — Da hörst dann d Liaderl
Von tausend Engerl, lamperlweiß,
Wann di der Teufi nöt derwischt, dann; Brüaderl,
Hoaßts bratn und schwitzen aus der Weis.

Hint lassen muaßt dös schönste Gspusi,
Die Berg, die Alma, Hof und Sach,
Sie spieln dir no a Trauermusi
Und schaugn ins Grab dir dasi nach:

Dann aber nach der Kircha laufens
Zum Leichenschmaus beim großen Bräu,
Und was s grad Zeug halt, fressens, saufens,
Und san recht kreuzfidel dabei.

Die neuen Bräuch

Bald gibts koa Fleckerl Wiesn mehr,
Koa Bauernhaus, koan Schupfen;
Die schönsten Villen baun s. dir her,
Wo d Stadtfrack umahupfen.

Da kannst koa Heu, koa Groamahd mehr,
Koan Nagerlstock derblicka;

spargent olivetis odorem
fertilibus domino priori,

tum spissa ramis laurea fervidos
excludet ictus. non ita Romuli
praescriptum et intonsi Catonis
auspiciis veterumque norma.

privatus illis census erat brevis,
commune magnum: nulla decempedis
metata privatis opacam
porticus excipiebat Arcton,

nec fortuitum spernere caespitem
leges sinebant, oppida publico
sumptu iubentes et deorum
templa novo decorare saxo.

II 16

Otium divos rogat in patenti
prensus Aegaeo, simul atra nubes
condidit lunam neque certa fulgent
sidera nautis;

otium bello furiosa Thrace,
otium Medi pharetra decori,
Grosphe, non gemmis neque purpura ve-
nale neque auro.

non enim gazae neque consularis
summovet lictor miseros tumultus
mentis et curas laqueata circum
tecta volantis.

Die Moperl stinken iatzt daher
Und staubn tuats zum verstička.

Die junga Leutl möchten gern
Die Stadtbräuch nachimacha,
Und gradso wia die großen Herrn
Die Bauernsach verlacha.

Der Hafner z Arbach müaßt si wohl
Mit solche Leut verstecka;
Die hättn z Sendling d Hosen voll,
Die gleckten Spatzenschrecka.

Ja, Autofahrn, auf d Jagd spaziern,
Mit Höll und Himmel spötteln,
Dös könnens mit dem Gansrerhirn,
Bis daß s zum Hof naus betteln.

Zfriedn

„I möcht mei Ruah! Kreuzsakradi!"
Schreit wild der Botenmichl,
„Der braucht a Ketten, der an Huat,
An Balsam, der a Sichl." —

„I möcht mei Ruah!" so jammert oft —
Sei Hauserin muaß s wissen —
Der Stockerbauer bei der Nacht:
Der hat was aufm Gwissen. —

Ja, wenns mit dem an Hackl hat,
Da hilft koa Talerschebern,
Mit m schönsten Viech und schönsten Sach
Da teand dir d Kniascheibn schlebern. —

vivitur parvo bene, cui paternum
splendet in mensa tenui salinum
nec levis somnos timor aut cupido
sordidus aufert.

quid brevi fortes iaculamur aevo
multa? quid terras alio calentis
sole mutamus? patriae quis exul
se quoque fugit?

scandit aeratas vitiosa navis
cura nec turmas equitum relinquit,
ocior cervis et agente nimbos
ocior Euro.

laetus in praesens animus, quod ultra est,
oderit curare et amara lento
temperet risu: nihil est ab omni
parte beatum.

abstulit clarum cita mors Achillem,
longa Tithonum minuit senectus,
et mihi forsan, tibi quod negarit,
porriget hora.

Wia guat hats oaner, den nix druckt,
Dem tuat sei Schmarrn recht schmecka,
Der braucht vor koam Schandarm zsammfahrn,
Beim Schlafa nöt derschrecka!

Der ander, schau, lust in oa Loch,
Schleicht wia-r-a Marder uma,
Und roast er ins Amerika,
Selm kann er nöt auskumma.

Der Gwissenswurm hockt vor deim Bett,
Im Stall, bei deine Scheckn,
Er fliagt so schnell als wia-r-a Schwalbn
Und hängt si ei wia d Zeckn. —

I bin halt z friedn, so, wia s mir geht
Und denk mir: „Werd scho recht sei."
Werd s diamol leidi, moan i halt:
„Kunnt no amol so schlecht sei!"

Der Papst in Rom muaß grad so sterbn
Als wia der alte Brumma;
Vielleicht schenkt mir das Glück a Trumm,
Dös was s dir gestern gnumma.

te greges centum Siculaeque circum
mugiunt vaccae, tibi tollit hinnitum
apta quadrigis equa, te bis Afro
murice tinctae

vestiunt lanae: mihi parva rura et
spiritum Graiae tenuem camenae
Parca non mendax dedit et malignum
spernere volgus.

II 18

Non ebur neque aureum
    mea renidet in domo lacunar,
non trabes Hymettiae
    premunt columnas ultima recisas
Africa, neque Attali
    ignotus heres regiam occupavi,
nec Laconicas mihi
    trahunt honestae purpuras clientae.
at fides et ingeni
    benigna vena est, pauperemque dives
me petit: nihil supra
    deos lacesso nec potentem amicum
largiora flagito,
    satis beatus unicis Sabinis.
truditur dies die
    novaeque pergunt interire lunae:
tu secanda marmora
    locas sub ipsum funus et sepulcri
immemor struis domos,
    marisque Bais obstrepentis urges
summovere litora,
    parum locuples continente ripa.

Der Sandhofbauer hat an Hof,
Den kunnt koa Graf derkaufa;
Da teand die Deanstbotn gradso wia
D Amoasen umalaufa.

Und i, i hab a Häuserl grad,
Mei Sach gang in an Bauschn,
Und dengerst möcht i, därfst as glaubn,
Nöt mit m Kini tauschn.

I bin zfriedn

Parkettbödn und Tapeten gibts
In meiner Hütten nix
Und grad so weni Marmorwänd,
Zylinder, schwarze Wichs.
I hab vom Rothschild gar nix gerbt,
Bin nöt sei Schwiegersohn,
Und neamads ziagt sein Huat vor mir
Und grüaßt mi: Herr Baron!
Und dengerst sands mir neidi all,
Weil i so lusti bin;
Wo i auf meiner Zithern spiel,
Da laufans alle hin.
Mi gfreut mei Lebn, verlang nöt mehr
Als wia mei bisserl Sach
Und juchaz, kimmt a Bröckerl Glück
Und woan koan Unglück nach.
Schaug nur den Yankee Dudl an,
Der mit seim Haufa Geld
Grad baut und baut, als bleibat er
Für ewi auf der Welt!
Der Schliersee muaß auf d Seiten geh,
Die Bergerl sand im Weg,

quid quod usque proximos
    revellis agri terminos et ultra
limites clientium
    salis avarus? pellitur paternos
in sinu ferens deos
    et uxor et vir sordidosque natos.
nulla certior tamen
    rapacis Orci fine destinata
aula divitem manet
    erum, quid ultra tendis? aequa tellus
pauperi recluditur
    regumque pueris, nec satelles Orci
callidum Promethea
    revexit auro captus. hic superbum
Tantalum atque Tantali
    genus coercet, hic levare functum
pauperem laboribus
    vocatus atque non vocatus audit.

III 7

Quid fles, Asterie, quem tibi candidi
primo restituent vere Favonii
Thyna merce beatum,
constantis iuvenem fidei

Gygen? ille Notis actus ad Oricum
post insana Caprae sidera frigidas
noctes non sine multis
insomnis lacrimis agit.

atqui sollicitae nuntius hospitae,
suspirare Chloen et miseram tuis

Und wann ihn wo a Güatl irrt,
So kauft er s weg vom Fleck.
Da kunntst glei heuln, verlaßt der Mo
Sei Haus mit Wei und Kind;
Was nutzt n denn sei Sack voll Geld?
Sei Hoamat laßt er hint.
Was hilft dem Yankee Dudl alls?
Auf d Letzt sands alle gleich:
Der Tod schaugt nöt auf Rang und Glaubn,
Fragt nöt nach arm und reich.
Der kennt die echte Bruaderschaft
Und packelts alle zsamm,
Obs aufm Kopf a Zipfihaubn,
Obs drobn a Kröndl ham.
Er nimmt an Rothschild grad a so
Als wia-r-an Wilson mit,
Obst langsam oder gschwinder gehst,
Er halt mit dir schö Schritt.

Eifersucht

Was woanst denn, Vroni, um an Hans?
Der kimmt auf s Fruahjahr zruck
Und bringt dir von Amerika
Die schönsten Dollarstuck.

Moanst, eahm packt d Zeitlang nöt nach dir,
Wann er sei Zithern spielt,
Und wann der Yankee no so klatscht,
Da Capo narrisch brüllt?

Wann so a narrisch saubre Miß
Mit die Augendeckel redt

dicens ignibus uri,
temptat mille vafer modis.

ut Proetum mulier perfida credulum
falsis impulerit criminibus nimis
casto Bellerophontae
maturare necem refert;

narrat paene datum Pelea Tartaro,
Magnessam Hippolyten dum fugit abstinens;
et peccare docentis
fallax historias movet.

frustra: nam scopulis surdior Icari
voces audit adhuc integer: at tibi
ne vicinus Enipeus
plus iusto placeat cave,

quamvis non alius flectere equum sciens
aeque conspicitur gramine Martio,
nec quisquam citus aeque
Tusco denatat alveo.

prima nocte domum claude neque in vias
sub cantu querulae despice tibiae,
et te saepe vocanti
duram difficilis mane.

III 8

Martiis caelebs quid agam Kalendis,
quid velint flores et acerra turis
plena miraris positusque carbo in
caespite vivo,

docte sermones utriusque linguae?
voveram dulcis epulas et album

Und seufzt und eahm Brillanten schenkt,
Und all Tag a Bukett?

Moanst ebba nöt, a guater Freund
Verzählt eahm allerhand,
Daß auf die Weiber koa Verlaß,
Weils alle treulos sand?

Verzählt eahm, wia die falsche Res
Den Muck verlassen hat,
Kam is er nur a halberts Jahr
Eingruckt gwen in der Stadt.

Dei Hansl hört grad zua und lacht,
Den bringt nix aus m Gleis;
Du aber, Vroni, halt di zruck
Und spiel mir nöt mit Fleiß!

Bildsauber freili is der Sepp
Und hat für zwanzg a Schneid,
Und schiaßen kann er, Haxenschlagn
Als bester weit und breit.

I sag dirs, Vroni, halt di zruck,
Mach d Fenster fleißi zua
Und gib dem Sepp koa Glaserl Schnaps,
Der Sepp gibt sonst koa Ruah!

D Einladung an an Stadtherrn

Was tuast denn an die Weihnachtstäg
Daspanni in der Stadt?
Von die Manner koaner ausgeh mag,
Bist ganz alloa, s is schad.

Schlupf eini in dein Lodenrock,
Die Gnageltn taand nöt schadn

Libero caprum prope funeratus
arboris ictu.

hic dies anno redeunte festus
corticem adstrictum pice demovebit
amphorae fumum bibere institutae
consule Tullo.

sume, Maecenas, cyathos amici
sospitis centum et vigilis lucernas
perfer in lucem; procul omnis esto
clamor et ira.

mitte civilis super urbe curas:
occidit Daci Cotisonis agmen,
Medus infestus sibi luctuosis
dissidet armis,

servit Hispanae vetus hostis orae
Cantaber, sera domitus catena,
iam Scythae laxo meditantur arcu
cedere campis.

Und kimm! I woaß an foasten Bock,
Dös gibt an Festtagsbratn!

Und drunt im Keller, ganz versteckt,
Hab i an gschwirzten Wei,
Wirst spitzen, wia dös Tröpferl schmeckt,
Der ghört alloani dei! —

Wenns draußen schneibt und stürmisch tuat,
Daß d Laden umareißt,
Wia schmeckt a Pfeiferl da so guat
Und a Wachholdergeist!

Was kümmert uns dös Zeitungsplärrn
Von zwegn die Landtagswahln?
Die welchan aa die mehrern wern,
Für uns hoaßt s allweil: „Zahln!"

Die Großen habn dös mehra Geld,
Dös is an alte Gschicht;
Und wia beim Kartln, in der Welt
Der Ober an Unter sticht.

neglegens, nequa populus laboret,
parce privatus nimium cavere et
dona praesentis cape laetus horae ac
linque severa.

III 9

Donec gratus eram tibi
nec quisquam potior bracchia candidae
cervici iuvenis dabat,
Persarum vigui rege beatior.

'donec non alia magis
arsisti neque erat Lydia post Chloen,
multi Lydia nominis
Romana vigui clarior Ilia.'

me nunc Thraessa Chloe regit,
dulcis docta modos et citharae sciens,
pro qua non metuam mori,
si parcent animae fata superstiti.

'me torret face mutua
Thurini Calais filius Ornyti,
pro quo bis patiar mori,
si parcent puero fata superstiti.'

quid si prisca redit Venus,
diductosque iugo cogit aeneo?
si flava excutitur Chloe,
reiectaeque patet ianua Lydiae?

'quamquam sidere pulchrior
ille est, tu levior cortice et improbo
iracundior Hadria:
tecum vivere amem, tecum obeam libens.'

Du änderst mit dem besten Willn
Nix an der ganzen Sach;
Drum laß die Narrn Komödi spieln
Und schaug eah zua und — lach!

Trutzgsangl

Anderl: Solang, daß du mi gern ghabt hast,
Hast nia mit andre plauscht,
Neamd busselt hast als mi alloa,
Hätt i mit gar koan tauscht.

Liesl: Solang mei Bua mir treu bliebn is,
Nöt andre hat verlangt,
Da hob i in der Dummheit gmoant,
I hätt mei Glück derfangt.

Anderl: Ja mei, und s Miadei gfallt mir halt,
Wenn s neckisch s Köpferl draaht;
Heut lassat i mi köpfa glei,
Wanns s ihr was helfa taat.

Liesl: Akrat so guat gfallt mir der Sepp,
Der gar so viel aufdraaht;
Heut hängat i mi zwoamol auf,
Wanns eahm was helfa taat.

Anderl: Was sagatst, Dirndl, wann uns d Liab
Zsammbandeln taat wia-r eh?
Wann i zum Miadei sagat iatzt:
„I mag di nimmer, geh!"?

Liesl: Is aa der Sepp a saubrer Bursch,
Und kunnt i Bäurin wern,
Und bist du wia-r-a Wetterfahn,
I hab di do so gern.

III 10

Extremum Tanain si biberes, Lyce,
saevo nupta viro, me tamen asperas
porrectum ante fores obicere incolis
plorares Aquilonibus.

audis, quo strepitu ianua, quo nemus
inter pulchra satum tecta remugiat
ventis, et positas ut glaciet nives
puro numine Iuppiter?

ingratam Veneri pone superbiam,
ne currente retro funis eat rota:
non te Penelopen difficilem procis
Tyrrhenus genuit parens.

o quamvis neque te munera nec preces
nec tinctus viola pallor amantium
nec vir Pieria paelice saucius
curvat, supplicibus tuis

parcas, nec rigida mollior aesculo
nec Mauris animum mitior anguibus.
non hoc semper erit liminis aut aquae
caelestis patiens latus.

III 12

Miserarum est neque amori dare ludum neque dulci
mala vino lavere aut exanimari metuentis
patruae verbera linguae.

Beim Fensterln

Die stoanra Jungfrau wenn mi saach,
Wia-r i auf d Nacht zum Fensterln lauf,
Und bitt und klopf die halbert Nacht,
Derbarmat si und machat auf.

Der Wind, der blast oan durch und durch
Und beutelt d Bam wia d Schulerbuam.
Pfui Teufi! s Schneibn fangts aa no an,
Mi ziagts scho zsamm als wia-r-an Wuam.

Geh, Dirndl, sei nöt gar so zeam,
Am End, daß s di no reua werd!
Geh, stell di nöt so gschami an,
Dei Unschuld is koan Kreuzer wert.

Hab dir a goldras Ringerl gschenkt,
Hab allweil tanzt mit dir alloa;
Hab dir an Wein und Gutzeln zahlt,
Was soll i, Sakra, denn no toa?

Du hast, wo s Herzerl is, an Stoa!
Aber wart, i kann dir, Luader, o!
Die Leut wern schaugn, wenn i maustot
Morgn an deim Fensterkreuz häng dro!

Das eingsperrte Dirndl

Dös is scho für a Madl hart,
Wann s gar is von ra saubern Art,
Därf gar koa Bua zum Fensterln kemma,
Därf s gar koa Dirn zum Tanz mitnehma,
Weil s d Muatter net verlaubt.

tibi qualum Cythereae puer ales, tibi telas
operosaeque Minervae studium aufert, Neobule,
Liparaei nitor Hebri,

simul unctos Tiberinis umeros lavit in undis,
eques ipso melior Bellerophonte, neque pugno
neque segni pede victus;

catus idem per apertum fugientis agitato
grege cervos iaculari et celer arto latitantem
fruticeto excipere aprum.

III 15

Uxor pauperis Ibyci,
tandem nequitiae fige modum tuae
famosisque laboribus;
maturo propior desine funeri

Mei, Miadei, sitzt beim Spinnradl dort
Und draahst und draahst in oan Trumm fort
Und tuast so gschafti mit di Fingerl
Und merkst as gar nöt, du dumms Dingerl,
Laar geht die Spuln scho lang.

I glaub s, dir steckt ja nix im Kopf
Als wia der Hias, der gwaschne Tropf,
Der schönste Bursch im Oberlandl;
Der hat die Dirndeln all am Bandl,
Halts alle für an Narrn.

Dir gfallt s, daß eahm koa Bursch nöt traut,
Weil er s wia d Nußsäck umahaut;
Koa Wildschütz is im Berg so schneidi,
A niader Schwirzer is eahm neidi,
Weil neamd an Hias derwischt.

Dö alt Urschl

Geh, Urschl, gib amal a Ruah,
Hör auf mit deine Faxn!
A niader hat a so scho gnua,
Siecht er die zaundürrn Haxn.

inter ludere virgines
    et stellis nebulam spargere candidis.
non, siquid Pholoen satis,
    et te, Chlori, decet: filia rectius
expugnat iuvenum domos,
    pulso Thyias uti concita tympano.
illam cogit amor Nothi
    lascivae similem ludere capreae:
te lanae prope nobilem
    tonsae Luceriam, non citharae decent
nec flos purpureus rosae
    nec poti vetulam faece tenus cadi.

III 21

O nata mecum consule Manlio,
seu tu querellas sive geris iocos
seu rixam et insanos amores
seu facilem, pia testa, somnum,

quocumque lectum nomine Massicum
servas, moveri digna bono die,
descende, Corvino iubente
promere languidiora vina.

non ille, quamquam Socraticis madet
sermonibus, te negleget horridus:
narratur et prisci Catonis
saepe mero caluisse virtus.

tu lene tormentum ingenio admoves
plerumque duro; tu sapientium
curas et arcanum iocoso
consilium retegis Lyaeo;

Kunntst d Invaliden lang scho kriagn,
Und magst no allweil tanzen
Und mit die junga Dirndln ziagn,
Mit Gschnür und Kettn glanzen!
Die junga Dirndln ghörts ja zua,
Daß d Stöckeln wegaschleifan,
Daß fensterln teand bis in der Fruah
Und auf dös Leutgschmatz pfeifan.
Du hast am Tanzbodn nix mehr z toa,
Wo die Jungen umawedern;
Du ghörst in d Kircha, stoaralts Boa,
Und bei der Nacht in d Federn!

In der Wurzhüttn

Her mit der Flaschen Enzian!
Dös is a bsunders Tröpferl,
Dös macht dei Magerl wacherlwarm
Und zunderrot dei Köpferl.

D Wurzhüttn hat koan bessern Schnaps,
Der tuat scho fünf Jahr rasten;
Jatz, Freunderl, hörst s Faullenzen auf,
Gehst aber von deim Kasten.

Der Herr Professer mag di gern,
Kummt er in d Sommerfrischen,
Schimpft s ganze Jahr aufn Alkohol
Und kann nöt gnua derwischen.

Schluckt nur der Kontrolleur a weng,
Geht s Singa an und s Werka;
Und kriagt der Förster weng an Spitz,
So lüagt er zwanzgmal stärka.

tu spem reducis mentibus anxiis
viresque et addis cornua pauperi,
post te neque iratos trementi
regum apices neque militum arma.

te Liber et si laeta aderit Venus
segnesque nodum solvere Gratiae
vivaeque producent lucernae,
dum rediens fugat astra Phoebus.

III 23

Caelo supinas si tuleris manus
nascente luna, rustica Phidyle,
si ture placaris et horna
fruge Laris avidaque porca:

nec pestilentem sentiet Africum
fecunda vitis nec sterilem seges
robiginem aut dulces alumni
pomifero grave tempus anno.

nam quae nivali pascitur Algido
devota quercus inter et ilices,
aut crescit Albanis in herbis
victima, pontificum securis

cervice tinguet: te nihil attinet
temptare multa caede bidentium
parvos coronantem marino
rore deos fragilique myrto.

immunis aram si tetigit manus,
non sumptuosa blandior hostia
mollivit aversos Penatis
farre pio et saliente mica.

Wenns kemman von ra Bergpartie,
Dermatscht und kam zum Kenna,
A wengerl Ruah, a Schlückerl Geist,
Na könnens wieder renna.

Und erst beim Almakirta, Bua,
Da is der Schnaps koa guater,
Da kriagn die Burschn sakrisch Schneid
Und d Deandln, dö wern Luader.

Bescheidene Gaben

Wenn du a wachsras Öchserl hängst
Drobn auf in Birkastoa,
Dazua an Vaterunser betst,
Schö staad für di alloa,

Dann gibts im Stall koa böse Sucht,
Koa Unglück auf der Alm,
Gebn alle Küah a guate Milch
Und grat a jede Kalbn. —

Der Feichtenbauer freili stift
— Er hat ja Sach grad gnua —
Auf Ötting am Silvestertag
A schware Silberkuah.

A goldras Glöckerl hats am Hals,
Und d Augn sand von Rubin,
Um ihre Hörndel hängt a Kranz
Von lauter Rosmarin.

Mei Waberl, d Muatter Gottes schaugt
Nöt auf die Protzerei,
Sie untersuacht nöt, ob dei Gab
Von Gold is oder Blei.

III 25

Quo me, Bacche, rapis tui
plenum? quae nemora aut quos agor in specus
velox mente nova? quibus
antris egregii Caesaris audiar

aeternum meditans decus
stellis inserere et consilio Iovis?
dicam insigne, recens, adhuc
indictum ore alio. non secus in iugis

exsomnis stupet Euhias,
Hebrum prospiciens et nive candidam
Thracen ac pede barbaro
lustratam Rhodopen, ut mihi devio

ripas et vacuum nemus
mirari libet. o Naiadum potens
Baccharumque valentium
proceras manibus vertere fraxinos,

nil parvum aut humili modo,
nil mortale loquar. dulce periculum est,
O Lenaee, sequi deum
cingentem viridi tempora pampino.

III 26

Vixi puellis nuper idoneus
et militavi non sine gloria:
nunc arma defunctumque bello
barbiton hic paries habebit,

laevum marinae qui Veneris latus
custodit. hic, hic ponite lucida

Der Malafiz-Terlaner

Du Malafiz-Terlaner, was treibst mit mir?
Wo bin i denn? I fliag in d Höh,
In Himmi nei, juchhe!
Der Petrus winkt: „Was schaugst denn? Geh!
Die Engel warten scho auf di, gschwind kimm!
Da sitz di her, dei Zithern stimm
Und sing a Liad, a neus! Nur nöt scheniern!
D Erzengel selber wern dir applaudiern."
I schaug als wia-r-a Singerl drei
Und denk: Wia kimm denn i in Himmi nei
Und zu die 100 000 Jungfraun? Alle Hitzen
Steign mir scho auf, Bluat kunnt i schwitzen.
A Haufa Liadl fallt mir ei,
Koans aber paßt in Himmi nei,
Sie menscheln alle! Malafiz-Terlaner,
Du bist scho recht a Teuxelsplaner!

A schöne Bitt

I hab die Maderl allweil mögn,
Hab d Busserl nia veracht;
Jatz, Freunderl, hast an Heiratssegn,
Jatz, Fensterln, guate Nacht!

Morgn in der Fruah in Birkastoa
Geh i zum Kircherl nauf

funalia et vectis et arcus
oppositis foribus minacis.

o quae beatum diva tenes Cyprum et
Memphin carentem Sithonia nive,
regina, sublimi flagello
tange Chloen semel arrogantem.

III 28

Festo quid potius die
Neptuni faciam? prome reconditum,
Lyde, strenua Caecubum,
munitaeque adhibe vim sapientiae.
inclinare meridiem
sentis ac, veluti stet volucris dies,
parcis deripere horreo
cessantem Bibuli consulis amphoram.
nos cantabimus invicem
Neptunum et viridis Nereidum comas;
tu curva recines lyra
Latonam et celeris spicula Cynthiae;
summo carmine, quae Cnidon
fulgentisque tenet Cycladas et Paphum
iunctis visit oloribus
dicetur; merita Nox quoque nenia.

III 29

Tyrrhena regum progenies, tibi
non ante verso lene merum cado
cum flore, Maecenas, rosarum et
pressa tuis balanus capillis

Und häng dort, bin i ganz alloa,
A wachsras Herzerl auf.

Du liabe Frau von Birkastoa,
I bitt di gar recht schö:
Machs s Lenerl no amol recht kloa,
Weils gar so voller Kree!

Am Josephitag

Heut is Josephi! Wirtin, iatz
Is für a Flaschen Roten Zeit,
Woaßt, der scho lang im Keller liegt,
Der macht uns lusti, frei und gscheit.
Auf d Mitternacht gehts eh scho zua,
Der Sepperltag is glei vorbei,
Her mit der Flaschen! Glaseln her!
Hör auf mit deiner Ruacherei!
Und alle Sepperl laß ma lebn,
Wenns aa nöt lauter Heilge sand:
Der Lehrer, Förster, Mesner, Schmied,
Der Wagner und der Kommandant.
No höher aber laß ma lebn
Die Josephinen jung und alt,
Weil mir, woaß selber nöt warum,
Halt Josephine bsonders gfallt.

Guter Rat

Wia sag i? Herr Minister? Naa!
Du bist der alte Huabertoni!
I hab an Roten umagschwirzt,
Mei Liaber, der is gwiß nöt ohni.

iamdudum apud me est: eripe te morae,
ne semper udum Tibur et Aefulae
declive contempleris arvum et
Telegoni iuga parricidae.

fastidiosam desere copiam et
molem propinquam nubibus arduis;
omitte mirari beatae
fumum et opes strepitumque Romae.

plerumque gratae divitibus vices,
mundaeque parvo sub lare pauperum
cenae sine aulaeis et ostro
sollicitam explicuere frontem.

iam clarus occultum Andromedae pater
ostendit ignem, iam Procyon furit
et stella vesani Leonis,
sole dies referente siccos;

iam pastor umbras cum grege languido
rivumque fessus quaerit et horridi
dumeta Silvani caretque
ripa vagis taciturna ventis.

Kimm außer, sag i, wart nöt lang!
  Die Brecherspitz, die tuat di grüaßen
Und wennst an rechten Gluster hast,
  Kannst aa-r-an foasten Gamsbock schiaßen.

Laß hinter dir die Münchner Stadt,
  Dös stoanre Meer, dös Menschenwimmeln,
Dös Autogstank, die Schnauflerei,
  Dös Gschroa, dös Ghetz, dös Trambahnbimmeln.

J kenn di do! Die Alma sand
  Dir liaber als die schönsten Schlösser
Und bei der feinsten Tabltot
  Da schmeckat dir a Schucksen besser.

Kimm, sag i! D Hundstäg steign scho auf,
  D Sunn brennt dir her mit alle Hitzen,
Koa Lüfterl geht, koa Schorle nutzt,
  A niader dampft vor lauter Schwitzen.

Erst in der Stadt, du armer Mo,
  Js s no viel ärger in die Mauern,
Am Hofbräukeller brüat die Hitz
  Akrat a so, du kannst mi dauern.

tu civitatem quis deceat status
curas, et urbi sollicitus times,
quid Seres et regnata Cyro
Bactra parent Tanaisque discors.

prudens futuri temporis exitum
caliginosa nocte premit deus
ridetque, si mortalis ultra
fas trepidat. quod adest memento

componere aequus: cetera fluminis
ritu feruntur, nunc medio alveo
cum pace delabentis Etruscum
in mare, nunc lapides adesos

stirpisque raptas et pecus et domos
volventis una, non sine montium
clamore vicinaeque silvae,
cum fera diluvies quietos

inritat amnis. ille potens sui
laetusque deget, cui licet in diem
dixisse 'vixi: cras vel atra
nube polum pater occupato,

vel sole puro; non tamen inritum,
quodcumque retro est, efficiet neque
diffinget infectumque reddet,
quod fugiens semel hora vexit.

Fortuna, saevo laeta negotio et
ludum insolentem ludere pertinax,
transmutat incertos honores,
nunc mihi, nunc alii benigna.

laudo manentem: si celeris quatit
pinnas, resigno quae dedit et mea

Du denkst scho wieder weit voraus:
Was wird dem Bayernlandel helfa?
Denkst an die arma Leut rundum
Und an dös Parlamentsgebelfa.

Der liabe Gott hat d Zukunft uns
Aus Liab verhängt und nöt zum Schinden
Und schmunzelt, wenn der Fürwitz moant,
Er kunnt a Loch im Vorhang finden.

Wer gscheit is, schafft von fruah bis spaat
Und denkt nöt allweil: Was wird morgen?
Die Zukunft hast nöt in die Händ,
Da laß den liaben Herrgott sorgen.

Das Schicksal wia-r-a Bergbach is,
Heunt plauscht er staad und ganz vertrauli,
Morgn reißt er Baam und Stoaner mit
Und brüllt so wia der narrat Pauli.

Wer sein Hamur gar nia verliert,
Ob d Zeiten guat sand oder haari,
Wem nia sei Herz in d Hosen fallt,
Der, wollt i moana, hätt dös wahri.

Dem reuigen Mo gibt koana was,
Was hin, is hin, dös muaßt verwinden
Und hast an Gummi, reut di nix
Als wia die unbegangna Sünden.

Das Glück is boshaft wia-r-an Aff
Und freut si, kanns di sakrisch foppen;
Heut tuats dir schö, morgn ziagts di aus
Bis auf die letzte Wertajoppen.

Mir kanns nöt an: laufts mir davo,
I lauf der falschen Matz nöt nachi,

virtute me involvo probamque
pauperiem sine dote quaero.

non est meum, si mugiat Africis
malus procellis, ad miseras preces
decurrere et votis pacisci,
ne Cypriae Tyriaeque merces

addant avaro divitias mari.
tunc me biremis praesidio scaphae
tutum per Aegaeos tumultus
aura feret geminusque Pollux.'

IV 1

Intermissa, Venus, diu
rursus bella moves? parce, precor, precor.
non sum, qualis eram bonae
sub regno Cinarae. desine, dulcium

mater saeva Cupidinum,
circa lustra decem flectere mollibus
iam durum imperiis: abi,
quo blandae iuvenum te revocant preces.

tempestivius in domum
Pauli purpureis ales oloribus
comissabere Maximi,
si torrere iecur quaeris idoneum:

namque et nobilis et decens
et pro sollicitis non tacitus reis
et centum puer artium
late signa feret militiae tuae,

et quandoque potentior
largi muneribus riserit aemuli,

Hab i mei Zithern, mein Hamur,
A Viertel Roten, jess, dann lach i.

I brauch koa Angst ham, wenn vielleicht
Der Kaviar wird schreckli teuer,
Wenn d Umsatzsteuer wird erhöht,
Verdoppelt wird die Erbschaftssteuer;

An Kaviar, den mag i nöt,
I setz nix um, i erb koan Stecka,
Drum steign die Aktien oder falln,
Dös kann mi koan Moment derschrecka.

I mag nimmer

Fangst wieder an, du dumme Liab,
Und mögst mi wieder ketteln?
Naa, naa, i bin koa Junga mehr,
Kann nimmer gurrn und betteln.
Mir wachsen, schau, scho graue Haar,
Der Vierzger laßt si spanna,
Geh zu die Junga, dumme Liab,
Nöt zu die alten Manna!
Zum Leitneranderl z Fischba geh,
Der paßt für deine Spassel,
Der brennt glei wia-r-a Zunder an,
Und geht in alle Gassel.
Der is a fescher, schneidger Bua,
Hat Augn wia Feuerradel,
Der hat dir die Finessen los,
Verquastelt alle Madel.
Wann der die Schneidervroni kriagt —
Grad die tuat widerparten ,

Albanos prope te lacus
ponet marmoream sub trabe citrea.

illic plurima naribus
duces tura, lyraeque et Berecyntiae
delectabere tibiae
mixtis carminibus non sine fistula;

illic bis pueri die
numen cum teneris virginibus tuum
laudantes pede candido
in morem Salium ter quatient humum.

me nec femina nec puer
iam nec spes animi credula mutui
nec certare iuvat mero
nec vincire novis tempora floribus.

sed cur heu, Ligurine, cur
manat rara meas lacrima per genas?
cur facunda parum decoro
inter verba cadit lingua silentio?

nocturnis ego somniis
iam captum teneo, iam volucrem sequor
te per gramina Martii
campi, te per aquas, dure, volubilis.

IV 3

Quem tu, Melpomene, semel
nascentem placido lumine videris,
illum non labor Isthmius
clarabit pugilem, non equus impiger

curru ducet Achaico
victorem, neque res bellica Deliis

Er kauft, i wett, beim Stoametz glei
A Venus für sein Garten.
Der hängt an wachsran Amorl auf,
An wundernetten Bengel,
Im Birkenstoaner Kircherl drobn,
D Leut moan, es waar an Engel.
Is d Hochzat, wird er dir z Liab gwiß
An Extraplattler tanzen,
Daß s ganze Wirtshaus wackeln muaß,
Der Fuaßbodn geht in Franzen. —
Mei Liabe, i bin drüber naus,
Aus is s mit m Dirndelfanga,
I kenn die falschen Ziefer gnua,
Mei Glusta is verganga.
Natürli anschaugn tua is gern,
Die Madeln, bsonders d Resel,
Dummheiten macha derf ma-r-aa,
Und hoaßt s mi aa-r-an Esel.
Und traama derf ma-r-aa von ihr,
Daß i bin fensterln ganga
Etcetra; bin i wieder wach,
Is s Glusta aa verganga.

An Toni sein Stolz

Wem unser Herrgott hat a Freud
Zur Musi gebn,
Der kann nöt wia da Wildrersepp
Im Wald draus lebn;

Der mag nöt radeln wia dr Hias
Um d Wett verruckt;

ornatum foliis ducem,
quod regum tumidas contuderit minas,
ostendet Capitolio:
sed quae Tibur aquae fertile praefluunt
et spissae nemorum comae
fingent Aeolio carmine nobilem.

Romae, principis urbium,
dignatur suboles inter amabilis
vatum ponere me choros,
et iam dente minus mordeor invido.

o testudinis aureae
dulcem quae strepitum, Pieri, temperas,
o mutis quoque piscibus
donatura cycni, si libeat, sonum,

totum muneris hoc tui est,
quod monstror digito praetereuntium
Romanae fidicen lyrae:
quod spiro et placeo, si placeo, tuum est.

Und mag nöt raufa, wenn an Hans
Der Buckel juckt.

Der sitzt bei seiner Zithern staad
Und stimmt und zupft,
Und freut si, wenn die jungen Leut
Das Herzerl hupft.

Im Leizachtal rundumadum
Da lebt koa Kind,
Dös net an Zitherntoni kennt,
Sei Häuserl findt.

Du guate Klampfn, geh nur her,
I hab di gern;
Da sand di schiachsten Löder staad,
Wanns di grad hörn.

Dir dank is, wann die Bäuerin
Dös Jüngste nimmt
Hoch aufn Arm und zoagt auf mi:
„Der Toni kimmt!"

Diffugere nives, redeunt iam gramina campis
arboribusque comae;
mutat terra vices et decrescentia ripas
flumina praetereunt;

Gratia cum Nymphis geminisque sororibus audet
ducere nuda choros.
immortalia ne speres, monet annus et almum
quae rapit hora diem.

frigora mitescunt Zephyris, ver proterit aestas
interitura, simul
pomifer autumnus fruges effuderit, et mox
bruma recurrit iners.

damna tamen celeres reparant caelestia lunae:
nos ubi decidimus,
quo pius Aeneas, quo Tullus dives et Ancus,
pulvis et umbra sumus.

quis scit, an adiciant hodiernae crastina summae
tempora di superi?
cuncta manus avidas fugient heredis, amico
quae dederis animo.

cum semel occideris et de te splendida Minos
fecerit arbitria,
non, Torquate, genus, non te facundia, non te
restituet pietas:

infernis neque enim tenebris Diana pudicum
liberat Hippolytum,
nec Lethaea valet Theseus abrumpere caro
vincula Pirithoo.

Alls vergeht

Es zgeht der Schnee, s Gras spitzt scho raus,
Die Starln kemman wieder,
s Schneewasser schiaßt in d Reusen nei
Und roast in oam Schuß nieder.

Und s Brünnerl schwatzt iatzt wieder laut,
Tuat s Eis im Grand zsammschlucka;
Da siechst as, Freunderl, alls vergeht,
Oans s andre tuat verdrucka.

Der Winter macht am Fruahjahr Platz,
Der Langst, der weicht an Summa,
Dann kimmt der Hirgst, kaam schaugst di um,
Is der Winter wieder kumma.

Siechst heunt vom Moschein gar nix mehr,
Is er gwachsen bis auf d Wochen,
Hat uns amol der Freidhof gschluckt,
Dann wern ma Loam und Knochen.

Obst morgn no schnaufst, dös woaß koa Mensch,
Findst in koan Zauberbuach,
Drum scharr nöt allweil Taler zsamm,
Vergunn dir was, du Ruach!

Wannst eigrabn bist und hat dei Seel
Dös rechte Platzl gfunden:
Da hilft koa Kraft, da hilft koa Geld,
Du bleibst im Freidhof drunten.

Koa Zauber weckt di wieder auf,
Koa Freundschaft kann di retten;
Koa Muatter und koa Schatzerl kann
Di wieder außerbeten.

Donarem pateras grataque commodus,
Censorine, meis aera sodalibus,
donarem tripodas, praemia fortium
Graiorum, neque tu pessuma munerum

ferres, divite me scilicet artium,
quas aut Parrhasius protulit aut Scopas,
hic saxo, liquidis ille coloribus
sollers nunc hominem ponere, nunc deum.

sed non haec mihi vis, nec tibi talium
res est aut animus deliciarum egens.
gaudes carminibus: carmina possumus
donare et pretium dicere muneri.

Non incisa notis marmora publicis,
per quae spiritus et vita redit bonis
post mortem ducibus, clarius indicant
laudes, quam Calabrae Pierides; neque

si chartae sileant, quod bene feceris,
mercedem tuleris. quid foret Iliae
Mavortisque puer, si taciturnitas
obstaret meritis invida Romuli?

ereptum Stygiis fluctibus Aeacum
virtus et favor et lingua potentium
vatum divitibus consecrat insulis.
caelo Musa beat: sic Iovis interest

optatis epulis impiger Hercules,
clarum Tyndaridae sidus ab infimis
quassas eripiunt aequoribus ratis,
Liber vota bonos ducit ad exitus.

Was i hab

Am liabsten an die Weihnachtstäg
Taat i die Leut beschenka;
Natürli müaßt i zerst an di,
Mei liabi Vroni, denka.
I kaufat dir an Reiherhuat
Und Florstrümpf, Übersöckerl,
An séidran Schemper, Haferlschuah
Mit extrahohe Stöckerl.
Du woaßt, i bin an armer Tropf,
Du hast koa Modefiaber,
Dir is a Liadel von deim Buabn
Zehntausadmal viel liaber.
Hast recht: koa Grabstoa ghalt dein Nam
So lang lebendi, Vroni,
Als wannst im Büachei drinnat stehst
Vom Lederhosentoni.
Wer redat no vom Jennerwein,
Dem großen Wildschützhelden,
Taat nöt das Volkslied laut und schö
Sei Lebensgschicht vermelden?
Und neamd mehr wissat, wia so treu
Sei Madel zu eahm ghalten,
Wenn nöt a schöns Theatergspiel
Die Liabsgschicht hätt derhalten.
Ja, ja, die Verserl san was wert,
Viel mehr wia-r Edelstoaner;
Drum wenn i dir a Verserl schenk,
So reich beschenkt di koaner.

IV 10

O crudelis adhuc et Veneris muneribus potens,
insperata tuae cum veniet pluma superbiae
et, quae nunc umeris involitant, deciderint comae,
nunc et qui color est puniceae flore prior rosae,
mutatus, Ligurine, in faciem verterit hispidam,
dices 'heu' quotiens te speculo videris alterum,
'quae mens est hodie, cur eadem non puero fuit,
vel cur his animis incolumes non redeunt genae?'

IV 12

Iam veris comites, quae mare temperant,
impellunt animae lintea Thraciae;
iam nec prata rigent, nec fluvii strepunt
hiberna nive turgidi.

nidum ponit, Ityn flebiliter gemens,
infelix avis et Cecropiae domus
aeternum opprobrium, quod male barbaras
regum est ulta libidines.

dicunt in tenero gramine pinguium
costodes ovium carmina fistula
delectantque deum, cui pecus et nigri
colles Arcadiae placent.

adduxere sitim tempora, Vergili;
sed pressum Calibus ducere Liberum
si gestis, iuvenum nobilium cliens,
nardo vina merebere.

nardi parvus onyx eliciet cadum,
qui nunc Sulpiciis accubat horreis,

Daß s di nöt reut

Jatzt bist no sauber, bist no stolz.
Na, wart nur, schnell vergengan d Jahrl,
Auf oamal wern die Wangerl gelb,
Auf oamal wachsen graue Haarl.
Wennst nachher spitzt in Spiagel nei
Und schaugt nach dir koa Bua mehr um,
Dann seufzst: O waar i nomal jung,
Heut waar i nimmer gar so dumm!

Einladung

Der Langstwind streicht scho übers Feld,
D Wasch wird im Freien trucka,
Das Eis zergeht, der Schnee zerrinnt
Und d Leizach hat grad zschlucka.

D Frau Amsel tuat scho Nesterl baun,
Er singt dazua sei Gsangerl,
So schö kanns mit der Flöten nöt
Der Musikantengangerl.

Der Sennbua richt si iatz scho her
Für d Auffahrt sein Fotzhobel,
„s Mailüfterl" blast er wunderschö
Und „d Wacht am Rhein" hochnobel.

Mei liaber Freund, die Zeit macht Durst,
I hätt an feina Roten!
Den kriagst zum Suzeln, bringst mir mit
Die neusten Zithernnoten.

Die kitzeln s kloane Fassel raus,
Z tiafst drunten in mein Keller;

spes donare novas largus amaraque
curarum eluere efficax.

ad quae si properas gaudia, cum tua
velox merce veni: non ego te meis
immunem meditor tinguere poculis,
plena dives ut in domo.

verum pone moras et studium lucri,
nigrorumque memor, dum licet, ignium
misce stultitiam consiliis brevem:
dulce est desipere in loco.

IV 13

Audivere, Lyce, di mea vota, di
audivere, Lyce: fis anus, et tamen
vis formosa videri
ludisque et bibis impudens

et cantu tremulo pota Cupidinem
lentum sollicitas. ille virentis et
doctae psallere Chiae
pulchris excubat in genis.

Dös Weinderl scheucht die Traurigkeit,
Macht Augn und Herzen heller.

Beim Hieber an der Frauenkirch
Kaufst ein die jüngsten Schlager,
Und nachher kimm, i sorg dafür,
Du wirst nöt dürr und mager!

Hörs spinna auf von zwegn deim Geld,
Jatzt is s amal beim Teufi,
Die beste Kur is diamal do
A Räuscherl ohne Zweifi.

Die alt Nandei

I habs derbett, i habs derbett!
Siechst, Nandei, iatz wirst alt.
Und moanst, du waarst no jung und schö,
Die alle Burschen gfallt.

Und draahst di no so wia-r-a Pfau
Und putzt di wia-r-a Katz,
Die andern kriagn an Tanzer, du
Bleibst hocka auf deim Platz.

importunus enim transvolat aridas
quercus et refugit te, quia luridi
dentes te, quia rugae
turpant et capitis nives.

nec Coae referunt iam tibi purpurae
nec cari lapides tempora, quae semel
notis condita fastis
inclusit volucris dies.

quo fugit venus, heu, quove color? decens
quo motus? quid habes illius, illius,
quae spirabat amores,
quae me surpuerat mihi,

felix post Cinaram notaque et artium
gratarum facies? sed Cinarae brevis
annos fata dederunt,
servatura diu parem

cornicis vetulae temporibus Lycen,
possent ut iuvenes visere fervidi
multo non sine risu
dilapsam in cineres facem.

Epode 2

'Beatus ille, qui procul negotiis,
ut prisca gens mortalium,
paterna rura bobus exercet suis,
solutus omni faenore,
neque excitatur classico miles truci,
nec horret iratum mare,
forumque vitat et superba civium
potentiorum limina.

Dös müaßt a schöner Gimpl sei,
Der so a Gstell anschaut,
Grad wia-r-a Lederapfel hast,
Zahnluckate, a Haut.

Koa silbras Gschnür, koa seidras Gwand
Dös macht di wieder jung.
Und wannst nur nimmer singa taatst,
Dei Stimmstock hat an Sprung.

Wo is dei saubers Gsichterl hin,
Dös gar so liab hat glacht?
Wo is dös Dirndl, dös amol
Mi hat so narrisch gmacht?

Die Huaberzenz is jung scho gstorbn,
Heut siech is no wia eh,
So sauber wia-r-a gmaltes Bild,
So weiß als wia-r-a Fee.

Du bist an alte Vogelscheuch,
Die hat a zaaches Lebn,
I moan, zum Weltabbrecha teands
Dös alte Boa aufhebn.

Der Herr Rat Ix in der Sommerfrischen

„Wia schö hats oaner, der in Ruah
Sei Wiesen haagt und melkt sei Kuah,
Nix woaß von Aktien, Börsenqualn,
Dem s gleich is, ob d Papierer falln,
Was drenten teand d Amerikaner,
Ob d Russen Herr wern, ob d Japaner;
Rennt nöt zu alle Exzellenzen,
Tuat bitten, betteln und scherwenzen.

Ergo aut adulta vitium propagine
altas maritat populos,
aut in reducta valle mugientium
prospectat errantis greges,
inutilisque falce ramos amputans
feliciores inserit,
aut pressa puris mella condit amphoris,
aut tondet infirmas oves;
vel cum decorum mitibus pomis caput
Autumnus agris extulit,
ut gaudet insitiva decerpens pira
certantem et uvam purpurae,
qua muneretur te, Priape, et te, pater
Silvane, tutor finium.
libet iacere modo sub antiqua ilice,
modo in tenaci gramine:
labuntur altis interim ripis aquae,
queruntur in silvis aves,
fontesque lymphis obstrepunt manantibus,
somnos quod invitet levis.
at cum tonantis annus hibernus Iovis
imbres nivesque comparat,
aut trudit acris hinc et hinc multa cane
apros in obstantis plagas,
aut amite levi rara tendit retia
turdis edacibus dolos,
pavidumque leporem et advenam laqueo gruem
iucunda captat praemia.
quis non malarum, quas amor curas habet,
haec inter obliviscitur?
quodsi pudica mulier in partem iuvet
domum atque dulcis liberos,

Der geht in Stall und fuattert s Roß,
Schaugts s Kalberl o, dös wird scho groß;
Dem Stierl, dem wachsen d Hörndl scho,
Dös wird amol a fester Mo.
Und kimmt der Hirgst, gibts Äpfel gnua,
Der Zwetschgenbaam, der kriagt koa Ruah,
Und d Haselnüss wern abazupft,
Mit Hollermuas wern d Schüsseln gupft. —
Im Summa erst, da gibts a Lebn,
Tuats recht viel Heu und Groamahd gebn;
Der faßt, der gibt, der rechat nach,
Und d Sunn, die brennt dir auf dei Dach.
Da schmeckt dir der Kaffee so guat,
A Halbe Wasser aus m Huat.
Und schlafst a Viertelstünderl ei,
Na moanst, du müaßt im Himmel sei. —
Wann dann der Winter Einstand halt,
Der Schnee glei metertiaf oft fallt,
Da fangst an Dachs drin in seim Bau;
Und is aa s Füchsl no so schlau,
Amol derwischt as do recht fei!
A Haserl geht a diamol ei.
Und hast erst gar a Gams aufgabelt!
No, s Krickerl wird glei abagsabelt,
Der Bart kimmt aufn neucha Huat
Und d Haut wird für a Kurze guat.
Und nachher tuast die ganze Wochen
Nix anders mehr wia Gamsfleisch kochen. —
Was wißt ös von der Modenwuat,
Reformkostüm, Pariserhuat?
Dös Weibsvolk is bei enk guat dran:
Wenns arbat, hats a Hosen an;

Sabina qualis aut perusta solibus
    pernicis uxor Apuli,
sacrum vetustis extruat lignis focum
    lassi sub adventum viri,
claudensque textis cratibus laetum pecus
    distenta siccet ubera,
et horna dulci vina promens dolio
    dapes inemptas apparet:
non me Lucrina iuverint conchylia
    magisve rhombus aut scari,
siquos Eois intonata fluctibus
    hiems ad hoc vertat mare,
non Afra avis descendat in ventrem meum,
    non attagen Ionicus
iucundior, quam lecta de pinguissimis
    oliva ramis arborum,
aut herba lapathi prata amantis et gravi
    malvae salubres corpori,
vel agna festis caesa Terminalibus,
    vel haedus ereptus lupo.
has inter epulas ut iuvat pastas ovis
    videre properantis domum,
videre fessos vomerem inversum boves
    collo trahentis languido,
positosque vernas, ditis examen domus,
    circum renidentis Lares.'
haec ubi locutus faenerator Alfius,
    iam iam futurus rusticus,
omnem redegit Idibus pecuniam,
    quaerit Kalendis ponere.

Schaugs an, wias bei die Küah dort sitzt,
Und ziahgt und zeidelt, daß s grad schwitzt
Und schimpft, wenns s Blassel bremsenplagt
An Schwoaf ins Gsicht ihr einischlagt.
Jatzt rührts an Butter aus, o mei!
Die Buttermilli, dö is fei!
Z Mittag wern mir Forelln auftischt,
Die habn mir selber außagfischt,
Und d Schucksen mit der Kerschenbrüah,
So schmeckt s mir in der Stadt gar nia.
Da sitz ma alle um oan Tisch,
Und löffeln aus oam Hafen frisch,
Die Dirn, die traatzt an Oberknecht,
Der leucht ihr aber hoam nöt schlecht;
Zum Sepperl speanzelt d Loni num,
O mei, der spannt nix, der is z dumm.
Der Hias, der arbat nia ganz richti,
Beim Essen aber is er tüchti.
O mei, ös Leut, ös habts es schö,
Koan Menschen kanns so grüabi geh." —
So redt im Urlaub der Rat Ix,
A ganzer Bauer in der Wichs.
Kam aber is der Urlaub aus,
Da fahrt er gern auf Münka naus,
Rennt ins Theater, ins Kaffee,
In Zirkus und ins Variete;
Wenn wo was bsunders Gschleckigs is,
Dös muaß er zerst habn, dös is gwiß.
Und fand d Redouten endli gar,
Da is er halbat hin, der Narr,
Und gibt an niadem nur den Rat:
„Wenns recht schö lebn willst, ziahgst in d Stadt."

Epode 15

Nox erat et caelo fulgebat luna sereno
inter minora sidera,
cum tu, magnorum numen laesura deorum,
in verba iurabas mea,
artius atque hedera procera adstringitur ilex
lentis adhaerens bracchiis,
dum pecori lupus et nautis infestus Orion
turbaret hibernum mare,
intonsosque agitaret Apollinis aura capillos,
fore hunc amorem mutuum.

o dolitura mea multum virtute Neaera!
nam siquid in Flacco viri est,
non feret assiduas potiori te dare noctes,
et quaeret iratus parem,
nec semel offensi cedet constantia formae,
si certus intrarit dolor.
et tu, quicumque es felicior atque meo nunc
superbus incedis malo,

Die Falschheit

Johanninacht is gwen, der Mond hat grad
Si hinter s Gwölk verkrocha,
Da hast du mir dös erste Busserl gebn
Und Treu in d Händ versprocha.
Und wia der Efeu krabbelt um an Bam,
Bist ghängt an mir zuatrauli,
Hast gsagt: „Solang dei Dackl jagern mag
Und wildern tuat der Pauli,
So lang der Dieffenbach tragt lange Haar,
Bleib i dir treu totsicha.“

So hat die Falsche gschworn, vier Wocha drauf
Is scho zum Anderl gschlicha.
Du moanst, i waar der alte, guate Lapp,
Der an Hanswurstel machat
Und wennst an Anderl tuast recht schö und süaß,
Recht sauer höchstens lachat.
Naa, naa! Mir zwoa sand firti! Aber d Zenz,
Dös hat an Bstand, die mag i!

sis pecore et multa dives tellure licebit,
tibique Pactolus fluat,
nec te Pythagorae fallant arcana renati,
formaque vincas Nirea,
heu heu, translatos alio maerebis amores:
ast ego vicissim risero.

Satire I 1

Qui fit, Maecenas, ut nemo, quam sibi sortem
seu ratio dederit seu fors obiecerit, illa
contentus vivat, laudet diversa sequentis?
'o fortunati mercatores!' gravis annis
miles ait multo iam fractus membra labore.
contra mercator navem iactantibus Austris:
'militia est potior. quid enim? concurritur: horae
momento cita mors venit aut victoria laeta.'
agricolam laudat iuris legumque peritus,
sub galli cantum consultor ubi ostia pulsat.
ille, datis vadibus qui rure extractus in urbem est,
solos felices viventis clamat in urbe.
cetera de genere hoc (adeo sunt multa) loquacem
delassare valent Fabium. ne te morer, audi,
quo rem deducam. siquis deus 'en ego' dicat
'iam faciam, quod voltis: eris tu, qui modo miles,
mercator; tu, consultus modo, rusticus: hinc vos,
vos hinc mutatis discedite partibus. heia!
quid statis?' — nolint. atqui licet esse beatis.

Mei Anderl, wia der Gockel steigst im Werg,
Paß auf, nur ebbas sag i:
Derfst reich sei wia der Turn und Taxisfürst,
Und fromm wia der Canisi;
Derfst wia der Ludwig Thoma witzi sei
Und schö wia der Alisi;
Auf oamal jagts di mit an Fuaßtritt fort
Als waarst der Jagerrussel;
Dann, Anderl, lach i mir an Buckel voll
Und gib der Zenz a Bussel!

Von der Unzufriedenheit

Wia kimmts, mei Zeno? Neamads auf der Welt
Is mit seim Platzerl zfriedn, wohin er gstellt,
Und möcht an andern sein Beruf und Los.
„Wia wunderschö hats dennerst der Matros",
Sagt der Soldat, teand eahm die Haxen weh.
Der ander seufzt beim Herbststurm auf der See:
„I wollt, i waar Soldat in Kriag und Schlacht!
Brauchst nöt an Tod ins Gsicht schaugn Tag und Nacht;
A Kügerl trifft di und du liegst am Platz,
Dahoam woant d Äugerl rot der liabe Schatz."
Dem Bauern neidt sei Lebn der Dokter in der Stadt,
Der Tag und Nacht koa Rast und Ruah nöt hat.
Der Bauer brummt: „A Dokter möcht i sei;
Schaugt dir an Pleschel an, schiabt Taler ei."
Ja, solche Beispiel gebats no grad gnua,
Du reißt ja s Mäu scho auf, drum reib i zua.
I moan nur: Gsetzt der Herrgott sagat heut:
„A iader därf iatzt sei, grad was n gfreut;
Du werst Soldat, Matros du, du a Bauer
Und, Stoffel, du an Advokat, a schlauer!

quid causae est, merito quin illis Iuppiter ambas
iratus buccas inflet neque se fore posthac
tam facilem dicat, votis ut praebeat aurem?
  praeterea, ne sic ut qui iocularia ridens
percurram (quamquam ridentem dicere verum
quid vetat? ut pueris olim dant crustula blandi
doctores, elementa velint ut discere prima,
sed tamen amoto quaeramus seria ludo):
ille, gravem duro terram qui vertit aratro,
perfidus hic caupo, miles nautaeque, per omne
audaces mare qui currunt, hac mente laborem
sese ferre, senes ut in otia tuta recedant,
aiunt, cum sibi sint congesta cibaria: sicut
parvola (nam exemplo est) magni formica laboris
ore trahit quodcumque potest atque addit acervo,
quem struit, haut ignara ac non incauta futuri.
quae, simul inversum contristat Aquarius annum,
non usquam prorepit et illis utitur ante
quaesitis patiens, cum te neque fervidus aestus
demoveat lucro, neque hiems, ignis, mare, ferrum,
nil obstet tibi, dum ne sit te ditior alter.
  quid iuvat immensum te argenti pondus et auri
furtim defossa timidum deponere terra?
'quod, si comminuas, vilem redigatur ad assem.'
at ni id fit, quid habet pulchri constructus acervus?
milia frumenti tua triverit area centum,
non tuus hoc capiet venter plus ac meus, ut si
reticulum panis venalis inter onusto
forte vehas umero, nihilo plus accipias quam

Na also, tauschts die Gwander, tauschts die Rolln":
I wett, nöt oaner taat dann tauschen wolln.
Waar i der Herrgott, muaß s scho offen sagn,
Mei schönster Blitz müaßt solche Leut derschlagn.
Und kaamans wieder mit ra andern Bitt,
I sagat nix wia: „Gabriel, naus damit!"
Verstehst, i will fei nöt Spasseteln macha.
Zwar kann ma ernsthaft sei und dengerst lacha,
Grad wia beim schokoladnen Alphabet
Den Kindern leichter s Abc neigeht.
Jatz aber lus, koa Bisserl wird mehr glacht!
Der Huaberbauer schindt si Tag und Nacht;
Der Kramerwirt vergunnt si selber nix,
Der Bäckersepp rennt in der schiachsten Wichs
Und alle sparn und scharrn si Taler zsamm,
Damits im Alter ebbas übri ham.
„Schaugts nur d Amoasen an!" so sagns die Leut;
„Tragts nöt in oan Trumm fleißi, was s grad gfreut,
Zum großen Haufa zuawi, weils halt gscheit
An d Zukunft denkt und an die Winterszeit?"
Dös stimmt scho. Aber wird der Boden hart,
Dann bleibts dahoam und frißt, was s zsammagscharrt.
Du bleibst a Ruach, und hast kitzgraue Haar,
Koa Winter halt di zruck, koa Hitz, koa Gfahr,
Vor Angst, es kunnt an andrer mehra habn.
Is dös a rechte Freud, sei Geld vergrabn
Und hoamli hüaten, daß neamd drüber kimmt?
„Der Haufa wird halt kleana, wenn ma nimmt."
Was hast denn, wennst nix nimmst, vom Haufa Geld?
Hast hundert Alma, hundert Tagwerk Feld,
Bringst deszwegn ebba mehra in dein Bauch
Wia-r unseroans? Is s ebba sunst der Brauch,

qui nil portarit. vel dic, quid referat intra
naturae finis viventi, iugera centum an
mille aret? 'at suave est ex magno tollere acervo.'
dum ex parvo nobis tantundem haurire relinquas,
cur tua plus laudes cumeris granaria nostris?
ut tibi si sit opus liquidi non amplius urna
vel cyatho, et dicas 'magno de flumine mallem
quam ex hoc fonticulo tantundem sumere.' eo fit,
plenior ut siquos delectet copia iusto,
cum ripa simul avolsos ferat Aufidus acer.
at qui tantuli eget, quanto est opus, is neque limo
turbatam haurit aquam neque vitam amittit in undis.
  at bona pars hominum decepta cupidine falso
'nil satis est' inquit, 'quia tanti, quantum habeas, sis.'
quid facias illi? iubeas miserum esse, libenter
quatenus id facit: ut quidam memoratur Athenis
sordidus ac dives, populi contemnere voces
sic solitus: 'populus me sibilat, at mihi plaudo
ipse domi, simul ac nummos contemplor in arca.'
Tantalus a labris sitiens fugientia captat
flumina. quid rides? mutato nomine de te
fabula narratur: congestis undique saccis
indormis inhians et tamquam parcere sacris
cogeris aut pictis tamquam gaudere tabellis.
nescis quo valeat nummus, quem praebeat usum?
panis ematur, olus, vini sextarius; adde,
quis humana sibi doleat natura negatis.
an vigilare metu exanimem, noctesque diesque
formidare malos fures, incendia, servos,
ne te compilent fugientes, hoc iuvat? horum
semper ego optarim pauperrimus esse bonorum.
  at si condoluit temptatum frigore corpus

Daß s Roß, dös rasten därf, nöt soviel kriagt
Vom Habern, als wia dös n fuhrweis ziahgt?
Wennst lebst mit Maß und Ziel, obst hundert Fahrtl,
Obst tausad kriagst, is allawei oa Wartl.
„Vom großen Hausa nehma is halt schö!"
Wer i vom kloana satt, so is s mir gleich,
Bin i an armer Teufi oder reich.
Waar grad a so, als taatst zur Leizach laufa,
Wennst Durst hast, magst nöt von an Brünnerl saufa,
Weil d Leizach mehra Wasser hat. Kunnt sei,
Du fallst amal ins reißad Wasser nei,
Und bist die schönste Leich, kaam schaugst di um.
Ja, freili, Leut gibts, die sagn in oan Trumm:
„Nur Geld her! Wer nix hat, der gilt aa nix!"
Mit so an Menschen redn? da san ma fix
Und ferti. Schau, der is — du hastn kennt —
Grad wie der geizi Lenz von Obergschwendt.
In Fetzen is der Kerl in d Kircha gschlicha
Und hat die Goldfüchs schaffelweis zsammgstricha.
s Wurstschnappen schaugst gern an, dös Kindergspiel,
Und lachst dir schier an Kropf. Lach nöt so viel!
Machst ebba nöt die gleiche Gaudi mit?
Liegst auf deim Geldsack, denkst nur an Profit,
Und rührst nix an, als waars a gweichte Sach!
Für was is s Geld denn da? Daß i nöt lach!
Kauf dir a Fleisch, a Brot, a Viertel Wei
Und was ma habn muaß, willst bei Kräften sei.
Wer bei der Nacht vor Ängsten umarennt,
Ob nöt wer einbricht, obs nöt ebba brennt,
Ob nöt d Ehhalten irgendwas verziahgn,
Hat der was Schöns? I dank für dös Vergnüagn!
Und packt di mal a Fiaber, d Infaulenza,

aut alius casus lecto te adfixit, habes qui
adsideat, fomenta paret, medicum roget, ut te
suscitet ac reddat gnatis carisque propinquis?
non uxor salvum te volt, non filius; omnes
vicini oderunt, noti, pueri atque puellae.
miraris, cum tu argento post omnia ponas,
si nemo praestet, quem non merearis, amorem?
an si cognatos, nullo natura labore
quos tibi dat, retinere velis servareque amicos,
infelix operam perdas, ut siquis asellum
in campo doceat parentem currere frenis?
denique sit finis quaerendi, cumque habeas plus,
pauperiem metuas minus et finire laborem
incipias, parto quod avebas, ne facias quod
Ummidius quidam. non longa est fabula: dives,
ut metiretur nummos, ita sordidus, ut se
non umquam servo melius vestiret, ad usque
supremum tempus, ne se penuria victus
opprimeret, metuebat. at hunc liberta securi
divisit medium, fortissima Tyndaridarum.
'quid mi igitur suades, ut vivam Naevius aut sic
ut Nomentanus?' pergis pugnantia secum
frontibus adversis componere. non ego, avarum
cum veto te fieri, vappam iubeo ac nebulonem.
est inter Tanain quiddam socerumque Viselli:
est modus in rebus, sunt certi denique fines,
quos ultra citraque nequit consistere rectum.
illuc, unde abii, redeo, qui nemo ut avarus
se probet ac potius laudet diversa sequentis,
quodque aliena capella gerat distentius uber,
tabescat, neque se maiori pauperiorum
turbae comparet, hunc atque hunc superare laboret.

Und liegst im Bett, laßt hänga ztiaffst dein Trenza,
Sag, macht dir wer an Umschlag, tuat dir schö
Und fragt an Dokter: „Werd do wieder geh?“
Koan Schei! Dei Frau woant dir nöt nach, koa Bua
Und d Nachbarn sagn: Bei dem is s gewiß nöt zfruah!
Nur s Geld hast gern ghabt, nix sunst auf der Welt!
Jatz mögst a Liab! Ja, halt di an dei Geld!
Mögst iatzat, daß die ganz Verwandtschaft kimmt,
Die ganze Nachbarschaft an Anteil nimmt,
Dann gaangs dir ebba grad akrat so schlecht,
Als wenn ma Preußen boarisch lerna möcht.
Drum draah die Ruacherei do oamal zua,
Vergunn dir was, dir bleibt no allwei gnua
Dei ganze Lebnszeit! Schau, daß dir nöt gschicht,
Dös gleiche was an Hias! A kurze Gschicht!
Stoareich, hat er sei Geld in Schaffeln gmessen,
A Geizkragn, hat er nia zum Sattwern gessen
Vor Angst, er kunnt mit m Brocken Brot im Maul
Verhungern. Und a Handwerksbursch, nöt faul,
Derschlagtn kalt und raubtn putzweg aus. —
„Was soll i toa? So lebn in Saus und Braus
Als wia der Schnackelfranz?“ — Geh, sei do staad
Und stell di nöt so dumm und nöt so faad!
Muaßt alls verputzen, wia der Leitner Lenz,
Sag i, sei nöt so knickri wia die Zenz?
Naa, naa, i moan, mei Rat is nöt so schlecht:
Wer in der Mitten geht, tuat guat und recht.
So also is s: Koa Ruach auf dera Welt
Is mit seim Platzl zfriedn, wohin er gstellt
Und möcht an andern sein Beruf und Stand.
Gibt d Nachbrinkuah mehr Milli, ausanand
Is glei der Kerl vor lauter Neid und Gift.

sic festinanti semper locupletior obstat,
ut, cum carceribus missos rapit ungula currus,
instat equis auriga suos vincentibus, illum
praeteritum temnens extremos inter euntem.
inde fit, ut raro, qui se vixisse beatum
dicat et exacto contentus tempore vita
cedat uti conviva satur, reperire queamus.
iam satis est: ne me Crispini scrinia lippi
compilasse putes, verbum non amplius addam.

Satire I 9

Ibam forte via sacra, sicut meus est mos
nescio quid meditans nugarum, totus in illis.
accurrit quidam notus mihi nomine tantum,

Nia schaugt er, ob er nöt ann Ärmern trifft
Und gebat do die mehran arma Schlucka!
Naa, grad die Reichen möcht er niederdrucka.
Dös nimmt si grad als wia-r-a Rennats aus:
Kam sand die Rösser ausm Start heraus,
Da linst der Rennbua grad, was **vor** eahm lauft,
Und lacht grad über den, der hinten schnauft.
So findst ganz selten oan, der glückli lebt
Und wenn der Tod sei scharfe Sensen hebt,
Als wia-r-a zfriedner Gast ins Jenseits geht.
Jatz aber Schluß! Höllsaxen, s is scho spät,
Jatz hör i auf, sunst moanats ebba gar,
Dös waar a Predi gwen, und waar nöt wahr.

Der Schwatzer und der Prinzregentenjager

Da geh i neuli, wia-r-is gwöhnli tua,
So am Marienplatz pomadi zua
Und denk grad: Gehst iatz zum Mathäser naus,
Zum Franziskaner oder Hofbräuhaus?
Da rennt mir oaner in der Wichs in d Händ,
— I habn grad a so dem Nam nach kennt —,

arreptaque manu 'quid agis, dulcissime rerum?'
'suaviter, ut nunc est' inquam, 'et cupio omnia, quae vis'.
cum adsectaretur, 'numquid vis?' occupo. at ille
'noris nos' inquit; 'docti sumus.' hic ego 'pluris
hoc' inquam 'mihi eris.' misere discedere quaerens
ire modo ocius, interdum consistere, in aurem
dicere nescio quid puero, cum sudor ad imos
manaret talos. 'o te, Bolane, cerebri
felicem' aiebam tacitus, cum quidlibet ille
garriret, vicos, urbem laudaret. ut illi
nil respondebam, 'misere cupis' inquit 'abire;
iamdudum video. sed nil agis; usque tenebo.
persequar. hinc quo nunc iter est tibi?' 'nil opus est te
circumagi: quendam volo visere non tibi notum;
trans Tiberim longe cubat is prope Caesaris hortos.'
'nil habeo quod agam, et non sum piger: usque
sequar te.'
demitto auriculas ut iniquae mentis asellus,
cum gravius dorso subiit onus. incipit ille:

„No“, sagt er, „hörns amol, wia gehts denn Ihna?“
Ganz leidli, dank der Nachfrag! Schamster Diena!
I ruck mein Huat und grüaß und geh schö weiter.
Er aber geht mir nach, macht mein Begleiter.
Dös fuchst mi scho. I frag: Was wünschens no?
„Geh“, sagt der drauf, „wia schaugn denn Sie mi o?
I bin do aa-r-a Jager und wia bsessen!“
So, moan i kalt, dös hab i rein vergessen.
Zuadringli is der Kerl als wia-r-a Wanzen,
Trotz meiner Grobheit siech ihn nebn mir tanzen.
Jetzt fang is renna o als wia-r-a Schneider,
Auf oamal bleib i steh, richt meine Kleider,
Schaug an die Häuser nauf, zähl d Fensterstöck,
Und bleib a Viertelstund am gleichen Fleck.
Und er? Er plappert weiter in oam Saus.
Moanst ebba gar, daß eahm der Stoff gang aus?
Er schnattert von die Gamsböck und vom Wetta,
Von seine Hund und von die Wildrerlöda.
Und wia-ri gar nix sag, da fangt er o:
„Sie wolln mi weiterhabn, dös merk i scho:
Die Faxen lassens bleibn, es hat koan Sinn.
I bleib. Sands gscheit! Wo geh ma-r-iatzat hin?“
I seufz: I will Sie nöt inkommodiern.
Mei Weg tuat mi weit umananderführn.
Im Krankenhaus links von der Isar wart
A guater Freund scho auf mein Bsuach recht hart.
Heut m u a ß i naus! — „Da geh i freili mit,“
Sagt drauf mei Wanzen, richt si nach meim Schritt.
„Der Dokter sagt a so, i sollt mehr laufa;
Heunt renn i mit und müaßt i no so schnaufa.“
So wia der Esel, den der Mühlsack druckt,
Die Ohrn laßt hänga, lauf i zsammaduckt.

'si bene me novi, non Viscum pluris amicum,
non Varium facies: nam quis me scribere pluris
aut citius possit versus? quis membra movere
mollius? invideat quod et Hermogenes, ego canto'.
interpellandi locus hic erat: 'est tibi mater,
cognati, quis te salvo est opus?' 'haut mihi quisquam;
omnis composui.' 'felices! nunc ego resto.
confice! namque instat fatum mihi triste, Sabella
quod puero cecinit divina mota anus urna:
hunc neque dira venena nec hosticus auferet ensis
nec laterum dolor aut tussis nec tarda podagra;
garrulus hunc quando consumet cumque: loquaces,
si sapiat, vitet, simul atque adoleverit aetas.'
ventum erat ad Vestae, quarta iam parte diei
praeterita, et casu tum respondere vadato
debebat; quod ni fecisset, perdere litem.
'si me amas' inquit, 'paulum hic ades.' 'inteream, si
aut valeo stare aut novi civilia iura:

Jatzt fangt er wieder o: „I woaß gar nöt,
I bin do meiner Seel gwiß a nöt blöd.
I bin a Jager, sellarne gibts weni,
I triff no besser wia der Schnapserbeni;
Da gibts koan Jagersteig, den i nöt kenn,
Koan Rehbock gibts, den i nöt niederbrenn,
Und jodeln kann i, Schnaderhüpfi macha,
Da müassat selm der Stieler Karli lacha."
Aufschnaufa muaß er iatz. Schnell zwick i nei:
Wird Eahna Muatter no am Leben sei?
Habns sonst Verwandte, die auf Eahna schaugn,
Daß s gsund sand und nix fehlt? Er wischt si d Augn
Und winselt: „Alle hab is eingrabn müassen."
Glückskinder! schrei i drein, iatzt muaß is büaßen.
Geh, machens gschwind! i bin an armer Tropf —
Und lassens mi nöt leidn. Da is mei Kopf!
Heunt trifft halt ein, akrat, was seinerzeit
Die alt Zigeunerin hat prophezeit:
„Dir, Büaberl", hats mir gsagt, „schadt koa Diphthrie,
Koa Lungasucht, koa Dolch, koa giftigs Vieh,
Koa Alkohol, koa Schampus und koa Rum;
Di bringt amol a rechter Schmatzer um.
Drum, Bua, sei gscheit, i rat dirs, hüat di fei
Und laß di niamals mit an Schmatzer ei!"
Jatzt gehn ma-r-am Justizpalast vorbei.
Er schaugt auf d Uhr, halb zehni schlagts dir glei —
„Jess", schreit er, „jess, daß i do alls vergeß!
I bin ja z Münka da zwegn an Prozeß.
Um zehni bin i gladn. Wenn i nöt kumm,
Verlier i, dös is gwiß, — Naa! dös is dumm!
Gehns weiter, gengans mit, dös gibt an Jux!"
Naa, sag i drauf, und krieg vor Schreck an Schlucks —

et propero quo scis'. 'dubius sum, quid faciam,' inquit,
'tene relinquam an rem.' 'me, sodes. 'non faciam' ille,
et praecedere coepit. ego, ut contendere durum
cum victore, sequor. 'Maecenas quomodo tecum?'
hinc repetit; 'paucorum hominum et mentis bene sanae;
nemo dexterius fortuna est usus. haberes
magnum adiutorem, posset qui ferre secundas,
hunc hominem velles si tradere. dispeream, ni
summosses omnis.' 'non isto vivimus illic,
quo tu rere, modo; domus hac nec purior ulla est
nec magis his aliena malis; nil mi officit, inquam,
ditior hic aut est quia doctior: est locus uni
cuique suus.' 'magnum narras, vix credibile.' 'atqui
sic habet'. 'accendis, quare cupiam magis illi
proxumus esse.' 'velis tantummodo: quae tua virtus,
expugnabis; et est qui vinci possit, eoque
difficilis aditus primos habet.' 'haut mihi dero:
muneribus servos corrumpam; non, hodie si
exclusus fuero, desistam, tempora quaeram,
occurram in triviis, deducam. nil sine magno
vita labore dedit mortalibus.' haec dum agit,
ecce
Fuscus Aristius occurrit, mihi carus et illum

Die schlechte Luft, dös Streiten, sands nöt bös,
Dös haltat i nöt aus, i bin z nervös.
„„Was tun, spricht Zeus““, sagt er und kratzt im Gsicht,
„Was laß i hinten, Eahna oder s Gricht?“
Mi, schrei i, was i kann. — Und mei Begleiter?
„Na“, sagt der kalt, „i geh mit Eahna weiter.“
Was will i macha? Gar nix kann i macha,
I muaß vor lauter Ärger hellauf lacha.
Sie, fangt er wieder an, tuat ganz intim,
„Wia-r-is s denn beim Regenten? Is er schlimm?“
I sag: „Der schaugt halt seine Leuteln o!“
Und er: „Sie san halt iatz a gmachter Mo,
A so a Pösterl! So wo waar i gern.
Mir zwoa beinand bei so am hochen Herrn,
Höllsakradi, mir stechatn alle aus!“
Was, sag i, glaubn denn Sie? In unserm Haus
Gibts koa Liabkinderschaft! A jeder tuat
Sei Pflicht und Schuldigkeit und dann is s guat.
„Was Sie nöt sagn! Kreuzbombenelement!
Wia mi an Jager brauchat der Regent.“
Mei, sag i drauf, Sie därfn grad begehrn!
Wia Eahna, solche Menschen hat er gern. —
„Ja“, moant er weiter, „i bin gar a Schlimmer
Und schmeicheln kann i wia-r-a Frauenzimmer.
I schmier an Leiblakei, was liegt mir dran?
Und kimm i heut nöt, kimm i morgen an.
Geht der Regent auf d Pirsch, i richts scho ei,
Und misch mi unter d Treiber hoamli nei.
Fahrt er auf Nymphenburg, dös kummt mir glegn,
I paßn ab, schrei hoch, er muaß mi sehgn.“
So schnattert fort der Kerl, es nimmt koa End,
Da lauft mir der Ganghofer grad in d Händ,

qui pulchre nosset. consistimus. 'unde venis?' et
'quo tendis?' rogat et respondet. vellere coepi
et pressare manu lentissima bracchia, nutans,
distorquens oculos, ut me eriperet. male salsus
ridens dissimulare; meum iecur urere bilis.
'certe nescio quid secreto velle loqui te
aiebas mecum.' 'memini bene, sed meliore
tempore dicam: hodie tricensima sabbata. vin tu
curtis Iudaeis oppedere?' 'nulla mihi' inquam
'religio est.' 'at mi: sum paulo infirmior, unus
multorum, ignosces; alias loquar.' huncine solem
tam nigrum surrexe mihi! fugit improbus ac me
sub cultro linquit. — casu venit obvius illi
adversarius et 'quo tu, turpissime?' magna
inclamat voce, et 'licet antestari?' ego vero
oppono auriculam, rapit in ius: clamor utrimque,
undique concursus. sic me servavit Apollo.

Der kennt den Schmatzer scho von früahra her.
Wir bleibn glei steh und grüaßen. „Ah, woher,
Wohin?“ so fragn die zwoa. I zupfn staad
Beim Ärmel, wink eahm, schaugn an verdraaht,
I schneid Grimassen, daß i los wern möcht.
Der andre tuat, als sehat er nöt recht.
I koch vor Wuat. Du, sag i, traamt ma schier?
Hast du nöt neuli was Intims mit mir
Besprechn wolln? — „Ja, freili“, sagt der drauf —
Mir fallt a Stoa vom Herzen, schnauf scho auf —
„Ja, aber“, fahrt er fort und lacht schö staad,
„Wann d Sonntagsruah nöt waar, na, dös is faad!
Heunt sand ja alle Kramerladeln zua,
Dös trifft a-r auf Geheimniskramer zua.“
Jess, schrei i nach, mach koane schlechten Witz!
I will ihn halten, er als wia der Blitz
Springt in den nächsten Trambahnwagn, saust fort
Und laßt mi bei dem Kerl alloani dort. —
Heunt is a Unglückstag, den schreibst dir auf!
Was is iatzt dös? Wer kimmt im schnellsten Lauf?
„So, Freunderl“, schreit a Schutzmann, schnauft und zischt,
„Jatzt hamma Eahna do amol derwischt.“
„Was wollns denn?“ fragt der Schmatzer. „Sands verruckt?“
„Steckbriafli sands verfolgt! Da stehts gedruckt!“
„„Durchbrennt“ und „a Kassier??“ „Da muaß i lacha —
Der Herr Kolleg kann mir an Zeugen macha.“
Der Schutzmann winkt, wir gehn auf d Polizei,
Da gibts a Hin- und Hergred, Schiaberei;
I weis mi aus, sag, wer der ander is,
Der Schreiber grinst, der Schutzmann schneidt a Gfriß,
Der Schmatzer schimpft, i renn von der Attack,
Gott seis gedankt! I hab den Kerl vom Gnack!

Satire II 6

Hoc erat in votis: modus agri non ita magnus,
hortus ubi et tecto vicinus iugis aquae fons
et paulum silvae super his foret. auctius atque
di melius fecere. bene est. nil amplius oro,

Maia nate, nisi ut propria haec mihi munera faxis.
si neque maiorem feci ratione mala rem
nec sum facturus vitio culpave minorem,
si veneror stultus nihil horum: 'o si angulus ille
proximus accedat, qui nunc denormat agellum!
o si urnam argenti fors quae mihi monstret, ut illi,
thesauro invento qui mercennarius agrum
illum ipsum mercatus aravit, dives amico
Hercule!' si, quod adest, gratum iuvat, hac prece te oro:
'pingue pecus domino facias et cetera praeter
ingenium, utque soles, custos mihi maximus adsis!'
ergo ubi me in montes et in arcem ex urbe removi,
quid prius inlustrem saturis musaque pedestri?

So hab is gwunschen, siechst: Nöt z kloa, nöt z groß
A Güatl mit zwoa Küah und mit an Roß,
A Garterl vorn, a laufads Brünnerl wo,
A Wälderl in der Näh. Wia bin i froh!

Wia bin i zfriedn! I hab sunst koa Begehrn,
Als daß i recht lang spieln därf so an Herrn.
I möcht mi nöt bereichern hintennach,
Will nöt verlumpen und verspieln mei Sach,
I ghör zu dene nöt, die allwei plärrn:
„Den Zwickel dort vom Nachbarn hätt i gern;
Dann waar mei Grund zsammgwachsen wia sis ghört."
Von mir der Herrgott nia dös Betteln hört:
„Warum find i nöt aa-r-an großen Schatz
Als wia der Feuchtenfranz und kauf den Platz?"
Na, liaber Gott, i bin in d Haut nei zfriedn,
Wann nur die Leut mi lassen schö in Friedn,
Wann mir koa Viech umsteht, s Obst zeiti wird,
Und mei Verstand im Winter nöt derfriert.
Herrjessas na! Wenn d Zeit vom Urlaub kimmt,
Da wird aufs allererst mei Zithern gstimmt;

nec mala me ambitio perdit nec plumbeus Auster
autumnusque gravis, Libitinae quaestus acerbae.
Matutine pater, seu Iane libentius audis,
unde homines operum primos vitaeque labores
instituunt (sic dis placitum), tu carminis esto
principium. Romae sponsorem me rapis: 'heia,
ne prior officio quisquam respondeat, urge.'
sive Aquilo radit terras seu bruma nivalem
interiore diem gyro trahit, ire necesse est.
postmodo, quod mi obsit, clare certumque locuto
luctandum in turba et facienda iniuria tardis.
'quid vis, insane, et quas res agis?' improbus urget
iratis precibus: 'tu pulses omne quod obstat,
ad Maecenatem memori si mente recurras.'
hoc iuvat et melli est, non mentiar. at simul atras
ventum est Esquilias, aliena negotia centum
per caput et circa saliunt latus. 'ante secundam
Roscius orabat sibi adesses ad puteal cras.'
'de re communi scribae magna atque nova te
orabant hodie meminisses, Quinte, reverti.'
'imprimat his, cura, Maecenas signa tabellis.'
dixeris 'experiar': 'si vis, potes' addit et instat.
septimus octavo propior iam fugerit annus,
ex quo Maecenas me coepit habere suorum
in numero, dumtaxat ad hoc, quem tollere reda
vellet iter faciens, et cui concredere nugas
hoc genus: 'hora quota est?' 'Thraex est Gallina Syro par?'
'matutina parum cautos iam frigora mordent,'
et quae rimosa bene deponuntur in aure.
per totum hoc tempus subiectior in diem et horam

Dann schnauf i auf vom Trubel in der Stadt,
Vom Autogstank, vom Menschenrennats matt.
Gern steh i auf in aller Herrgottsfruah,
Wenn d Gockeln kraahn, wenns Öchserl schreit und Kuah,
Der Bergwind umawaaht das Avegläut.
Drobn in der Stadt, da machts dir gwiß koa Freud,
Wennst in der Fruah schnell dein Kaffee verschluckst,
In d überfüllte Trambahn einidruckst;
Da därfs dir schneibn und regna gottverdammt,
s is alles wurscht, du muaßt halt nei ins Amt.
Kriagst auf der Plattform no an Platz, Gottlob,
Dann redt di dei Herr Nachbar an saugrob:
„Was wolln denn Sie? Hier is koa Druckerei!
Bleibns drunten! Sehgns nöt, daß koa Platzl frei?
Fahrns Auto, wenns a so pressiert zum Bock
Beim Franziskaner oder zum Tarock!"
Dös tuat oan wirkli wohl, dös muaß i sagn.
Und kimmst dann ins Büro, dann kannst di plagn.
Vom Einlauf abgsehgn klingelts in oan Trumm:
„Heut abends Ausschußsitzung! Wichtig! Kumm!"
„Betreff Gehaltserhöhung, Abbau, Titeln
Möcht d Vorstandschaft das Neueste ermitteln."
„Schau, daß der Herr Minister Amen sagt!"
Obst du dös ferti bringst, wird gar nöt gfragt.
Siebn Jahr, fast achte sand iatzt bald vorbei,
Da hat der Herr Minister in d Kanzlei
Mi gnumma, weil i hab a schöne Schrift;
Vertraut mir Sachan an, wias halt so trifft:
z. B. „Wiaviel is s? Wann gibts an Ghalt?
Höllsaxen, heut is s scho empfindli kalt",
Und was ma halt an niadem anvertraut.
Die ganz Zeit aber fallt der Neid bald laut,

invidiae noster. ludos spectaverat una,
luserat in campo: 'Fortunae filius!' omnes.
frigidus a rostris manat per compita rumor:
quicumque obvius est, me consulit: 'o bone (nam te
scire, deos quoniam propius contingis, oportet),
numquid de Dacis audisti?' nil equidem. 'ut tu
semper eris derisor!' at omnes di exagitent me,
si quicquam. 'quid? militibus promissa Triquetra
praedia Caesar an est Itala tellure daturus?'
iurantem me scire nihil mirantur ut unum
scilicet egregii mortalem altique silenti.
perditur haec inter misero lux, non sine votis:
o rus, quando ego te aspiciam, quandoque licebit
nunc veterum libris, nunc somno et inertibus horis
ducere sollicitae iucunda oblivia vitae?
o quando faba Pythagorae cognata simulque
uncta satis pingui ponentur oluscula lardo?
o noctes cenaeque deum, quibus ipse meique
ante Larem proprium vescor vernasque procaces
pasco libatis dapibus. prout cuique libido est,
siccat inaequalis calices conviva, solutus
legibus insanis, seu quis capit acria fortis
pocula, seu modicis uvescit laetius. ergo
sermo oritur, non de villis domibusve alienis,
nec, male necne Lepos saltet; sed, quod magis ad nos
pertinet et nescire malum est, agitamus: utrumne
divitiis homines an sint virtute beati,
quidve ad amicitias, usus rectumne, trahat nos,
et quae sit natura boni summumque quid eius.
Cervius haec inter vicinus garrit anilis
ex re fabellas. siquis nam laudat Arelli

Bald staad auf mi. — Da nimmt er mi amal
Ins Auto mit. „Hat der Schwein!“ schreins dir all.
Da lauft a Schreckensbotschaft durch die Gassen.
Wer mi derspecht, tuat mir an Weg abpassen
Und wischpert: „Freunderl, sag auf Ehr und Gwissen,
Du sitzt ja an der Quelln, du muaßt as wissen —
Gibts wieder Kriag?“ — I woaß nix. — Wia verruckt
Verlachens mi und sagn, i bin verdruckt.
„Soll mi der Teufi holn, wann i was woaß!“
Da lachens ärger no, als waars a Gspoaß. —
„Du, im Vertraun, is s wahr, daß d Eisenbahn
An Extrazualag hergibt, Mann für Mann?“
I schwör, i hätt von all dem gar koan Schimmer,
Da sagns, so an Verdruckten gaabs gar nimmer.
Und so vergehn die Täg her mitanand.
Wann kann i wieder außi auf mei Land?
Mein Ludwig Thoma lesen, in der Hängematten
Schö faul sei und schö duseln ztiafst im Schatten?
Wann ess i wieder eignen Butter, eigne Milli?
Wann bacht mir wieder Schucksen d Kramerzilli?
Wann sitz ma wieder schö auf d Nacht beinand,
Wir Nachbarsleut und plauschen allerhand?
Und trinken helles Flaschenbier Paulaner
Und der an Moselwein und der Terlaner?
Dann redn ma, nöt von andre eahnerm Sach,
Vom Kino nöt und nöt vom Börsenkrach,
Wir redn scho von was Gscheiterm, von der Welt,
Was mehra wert is, Gsundheit oder Geld,
Wer glückli is, der zfriedn is oder reich,
Ob heutzutag sand alle Menschen gleich?
Der Keastockwaschtei, recht a schlauer Tropf,
Verzählt dir Gschichten, lachen kunntst an Kropf.

sollicitas ignarus opes, sic incipit: 'olim
rusticus urbanum murem mus paupere fertur
accepisse cavo, veterem vetus hospes amicum,
asper et attentus quaesitis, ut tamen artum
solveret hospitiis animum. quid multa? neque ille
sepositi ciceris nec longae invidit avenae,
aridum et ore ferens acinum semesaque lardi
frusta dedit, cupiens varia fastidia cena
vincere tangentis male singula dente superbo,
cum pater ipse domus palea porrectus in horna
esset ador loliumque, dapis meliora relinquens.
tandem urbanus ad hunc 'quid te iuvat' inquit, 'amice,
praerupti nemoris patientem vivere dorso?
vis tu homines urbemque feris praeponere silvis?
carpe viam, mihi crede, comes, terrestria quando
mortalis animas vivunt sortita, neque ulla est
aut magno aut parvo leti fuga: quo, bone, circa,
dum licet, in rebus iucundis vive beatus,
vive memor, quam sis aevi brevis.' haec ubi dicta
agrestem pepulere, domo levis exilit; inde
ambo propositum peragunt iter, urbis aventes
moenia nocturni subrepere. iamque tenebat
nox medium caeli spatium, cum ponit uterque
in locuplete domo vestigia, rubro ubi cocco
tincta super lectos canderet, vestis eburnos,
multaque de magna superessent fercula cena,
quae procul exstructis inerant hesterna canistris.

Der Sepp moant: „Waar i nur a reicher Mo!"
Der Waschtei streicht sein Schnurrbart und fangt o:
Da kimmt amol die Stadtmaus außi auf d Visiten,
— Da hats fei lang braucht, recht viel guate Wort und Bitten —
Zum alten Basl auf m Land. O mei, die haust
In so an schiachem Loch, daß glei der andern graust.
Die Feldmaus schiaßt voll Eifer rum ganz aus der Weis,
Deckt auf und holt die feinsten Bröckerl aus der Speis:
A zuckersüaßes Sauruabnstückerl tuats no finden,
Und Woazenkörndl und von altem Speck a Rinden.
Dös alles tuat die guate Haut dem Baserl holn
Und naagelt selber an ra alten Stiefelsohln.
Die Stadtfraubas schneidt Gsichter, knuspert gnaschi rum,
A Blinder merkats leicht, es schmeckt ihr nöt a Trumm.
Und endli spitzts ihr Fötzerl, nimmer halt sies aus:
„Ha, Basl, gfallts dir wirkli in dem Loch heraus?
Geh weiter von der Noterei, dem schiachen Nest!
I nimm di mit in d Stadt! Sei gscheit! I rat dir s best.
Schaug, alles auf der Welt da muaß vom Lebn davo,
Der Kaiser und der Kini wia der Bettelmo.
Drum allweil lusti und fidel, du dumme Nanndl
Zuagmessn is uns s Lebn a so nur auf am Spanndl!"
Jatzt sand halt der Provinzlerin d Zähnd länger worn,
Sie springt aus ihrem Loch, wo s selber is geborn,
Und gschwindigst roasens fort die zwoa. Beim Aveläutn
Da schliafens draus in Giesing abi über d Leitn
Und in der Wittelsbacherstraßn is paterr
Die Stadtmaus bei ra feinen Herrschaft Zimmerherr.
Die Gnädgen sand grad fort und s Zimmermadl poussiert
Im Hausgang mit an schwaaren Reiter unscheniert.
Da schaugt die Landpomranzn, wias die Möbel siecht,

ergo ubi purpurea porrectum in veste locavit
agrestem, veluti succinctus cursitat hospes
continuatque dapes, nec non verniliter ipsis
fungitur officiis, praelambens omne quod affert.
ille cubans gaudet mutata sorte bonisque
rebus agit laetum convivam, cum subito ingens
valvarum strepitus lectis excussit utrumque.
currere per totum pavidi conclave, magisque
exanimes trepidare, simul domus alta Molossis
personuit canibus. tum rusticus 'haut mihi vita
est opus hac' ait et 'valeas: me silva cavusque
tutus ab insidiis tenui solabitur ervo'.

Epistel I 20

Vortumnum Ianumque, liber, spectare videris,
scilicet ut prostes Sosiorum pumice mundus.
odisti claves et grata sigilla pudico,
paucis ostendi gemis et communia laudas,
non ita nutritus. fuge, quo descendere gestis:
non erit emisso reditus tibi. 'quid miser egi?
quid volui?' dices, ubi quid te laeserit; et scis
in breve te cogi, cum plenus languet amator.
quodsi non odio peccantis desipit augur,
carus eris Romae, donec te deserat aetas:

Die seidna Vorhäng, den Parkettbodn, blitzblank gricht
Und am Büffet dös Zuckerzeug, Schoklad, Krachmandeln,
Da kunnt der Kramer draus a ganzes Jahr schier handeln.
Die Stadtmaus sagt: Jatz nehmens aufm Divan Platz!
Sie selber hupft dann aufs Büffet grad in oam Satz
Und holt die besten Bröckerl, beißt a jeds zerst o,
Die Feldmaus schleckt und moant, sie war im Himmel scho.
Auf oamal läuts, a Hund bellt, d Flügeltür geht auf,
Und — unsre Mäuserln sand am Divan nimmer drauf.
Die Stadtmaus freili hat ihr gwisses Loch leicht gfunden,
Die Feldmaus aber hat si jämmerli verschunden,
Wia hinter ihr der Foxl taufelswild is gloffen:
Grad, daß s no hinterm Ofen schnell si hat verschloffen.
Wia alles gschlafen hat, is s Baserl schö stad kemma
Und sagt zur Stadtmaus: „Gel, i möcht iatzt Abschied nehma.
I dank für den Genuß! Dös Stadtlebn war mir gnua,
Da bin i liaber in meim Loch und hab mei Ruah."

An mei Büacherl

I merks ja lang scho, was di treibt und juckt:
Du willst di in am Buachladn sehgn schö druckt!
Es gfallt dir nimmer in meim alten Pult,
„In d Welt naus möcht i," seufzt voll Ungeduld. —
Du armer Narr, so lauf halt, wanns di gfreut!
I hör di so bald jammern, wenns di reut:
„Was hab i to? Warum bin i davo?"
Wann umakrittelt recht a zwidrer Mo,
Di wia=r=an Fetzen in Papierkorb schmeißt,
Bis d Köchin di zum Einschürn zsammareißt.
I kenn die Sachan! Bist no frisch und schö,
So kanns dir ja bei dem und dem guat geh.
Wirst aber alt, verschossen, bist vergessen,
Liegst in am Büachergstell, vom Holzwurm zfressen,

contractatus ubi manibus sordescere volgi
coeperis, aut tineas pasces taciturnus inertis
aut fugies Uticam aut vinctus mitteris Ilerdam.
ridebit monitor non exauditus, ut ille,
qui male parentem in rupes protrusit asellum
iratus: quis enim invitum servare laboret?

hoc quoque te manet, ut pueros elementa docentem
occupet extremis in vicis balba senectus.
cum tibi sol tepidus pluris admoverit aures,
me libertino natum patre et in tenui re
maiores pinnas nido extendisse loqueris,
ut quantum generi demas, virtutibus addas;
me primis urbis belli placuisse domique,
corporis exigui, praecanum, solibus aptum,
irasci celerem, tamen ut placabilis essem.
forte meum siquis te percontabitur aevum,
me quater undenos sciat implevisse Decembris,
collegam Lepidum quo dixit Lollius anno.

Wirst als an alts Papier verkauft und z stückelt,
Wo ma-r an Leberkas, a Wurst neiwickelt.
Dann muaß i lacha, gehts dir sakrisch sauer,
Grad wia sei stützigs Roß der dumme Bauer
Ins gache Gwänd hat abigrennt voll Wuat. —

No, ebba mögst gar wissen, wia dös tuat,
Wann d Schulerbuam di tragn in eahnerm Ranzen,
Amol beim Raufa schlagn in lauter Franzen? —
Und hat di diamol oaner gern, so kannst eahm sagn:
I bin dahoam, wos lange Messer tragn,
Nöt weit, wo d Donau auf die Isar wart,
D Frau Kriemhild grastt hat auf der langen Fahrt.
Die feinsten Herrn und Damen hab i gfalln,
Habns ghört mei Gsangl und mei Zithern halln.
I bin nöt groß, nöt fett, hab graue Härl
Und mag gern lacha, bin a guater Kerl.
Und sollt di oaner nach meim Alter fragn,
— I bin koa Frauenzimmer, kannst s eahm sagn: —
Im großen Kriag bin i in Windeln glegn
Und hab scho s Schwabenschnapperl übersegn